이탈리아에 살고 있습니다

# 이탈리아에     살고   있습니다

siso

불과 7년 전의 나는 20대, 잘나가던 화장품 다단계의 여왕이었다. 친구의 소개로 대구의 어느 막창집에서 만났지만 전화번호도 주고받지 않은 한 남자와 운명처럼 로마 바티칸 천장화 밑에서 만나 결혼을 했고, 지금은 이탈리아에 살고 있다. 내 행복 찾자고 내 발로 찾아온 나라지만 유럽에 대한 환상은 잠시, 이방인으로 살아내느라 아등바등하던 중 여행업에 종사하던 남편은 코로나로 직격탄을 맞았고, 팬데믹의 상황 속에서 임종도 지키지 못한 채 엄마를 하늘나라로 떠나보냈다. 거대한 전염병이 우리 일상을 멈추게 했고 소중한 사람들을 앗아갔지만 나는 마냥 멈춰있을 수만은 없었다. 쫓겨나듯 한국에 갈 수도 없는 노릇이고,

이탈리아에서 숨만 쉬어도 나가는 월세를 감당해야 했다. 무엇보다 자식 생각만 하다 가신 엄마에게 자랑스러운 딸이 되고 싶었다. 그러나 코로나라는 현실을 비관만 하기에는 지나치게 운이 좋았다. 꾸준히 지속해온 기록을 통해 수많은 기회를 얻었고, 이렇게 출간의 꿈도 이룰 수 있게 되었으니 말이다.

내 이름으로 된 책을 쓰는 것은 나의 오랜 꿈이었다. 2012년부터 꾸준히 블로그에 나를 기록해왔고, 그 기록은 인스타그램, 페이스북, 브런치, 구글 블로그, '이태리부부'라는 유튜브 채널을 통해 지금도 진행 중이다. 책을 쓰겠다는 한 가지 목표 때문만은 아니고 기록을 하면서 느껴지는 삶의 긍정적인 변화들을 지속적으로 깨달아왔기 때문이다. 젊은 시절의 성취감과 좌절, 처음 유럽 땅을 밟았을 때 그 날것의 감정들, 이탈리아에서 팬데믹을 맞이했을 때의 두려움은 기록하지 않으면 사라지기 마련이라, 그 기록들을 엮어 이 책 한 권을 탄생시켰다. 원고를 쓰기 위해 나의 첫 기록들을 다시 찾아보면서 이미 책 한 권을 읽은 것처럼 혼자 울고 웃었다. 이 모든 것을 기록하지 않았으면 어쩔 뻔했을까. 기록의 효용가치를 다시 한번 깨달은 순간이었다.

나는 이 책에 SNS상에서 남에게 보여주고 싶은 자랑 섞인 피드나 여행기가 아니라 인생의 한 부분인, 이탈리아에서 평범하게 살아가고 있는 내 이야기와 감정들을 솔직하게 담았다. "이탈리아에 살아서 좋겠어요"라는 부러움 섞인 말들과 "이탈리아에서 사는 건 어때요?"라는 무수한 질문에 대한 답이 될 수도 있겠다.

책을 썼다고 해서 내 인생이 송두리째 바뀌지 않을 거라는 것쯤은 안다. 다만, 책이라는 성취를 통해 지속적으로 글을 쓸 수 있는 동기부여가 되었으면 좋겠고, 무엇보다 내 글이 한두 사람에게라도 공감을 불러일으킬 수 있다면 더 바랄 것이 없겠다. 책을 시작하기 전에 로마에서 우연히 만나 '이 여자와 결혼하겠다'고 마음먹어준 남편과 '이태리부부'를 묵묵히 응원해주시는 모든 분들께 감사의 인사를 전하고 싶다.

## : 목차 :

**chapter 2**

# 무조건 살아남아야 한다

팬데믹이 불러온 새로운 기회와 희망

## chapter 3
# 여행은 멈췄지만 삶은 남는다
다시 떠나게 될 그날을 꿈꾸며

## chapter 01

# 이탈리아에서
# 살아간다는 것

*Venice*

낯선 땅에 정착해 보고 듣고 느낀 일상

한국에서 프랑스 파리까지 왕복 비행기를 예매하고 나는 다시 한국으로 돌아가지 않았다. 한국으로 돌아갈 용기는 죽어도 나지 않아 로마로 왔고 그곳에서 살아낸 3년이라는 시간 동안 한 번도 한국에 가지 않았다. 처음 로마에 왔을 때 쉐어하우스에서 남자를 포함한 다섯 명의 방글라데시 사람들과 1년 6개월을 지내면서 한국 음식 한 번 제대로 차려 먹지 못했고, 화장실 드나드는 것마저 눈치를 봐야 했다. 그럼에도 불구하고 한국에 가는 것보다 그 생활이 좋았다. 운이 좋게도 한인 여행사에 취업해 이미 시행착오를 겪어본 사람들의 조언 덕분에 비교적 쉽게 현지 생활에 적응할 수 있었다. 언어도 당장 써먹을 수 있는 "커피 한 잔 주세요, 이거 얼마예요? 고맙습니다." 세 마디면 얼추 살아가는 데 지장이 없었다. 집에서 30분만 걸으면 콜로세움이 있지만 나는 현지인이었기 때문에 억지로 찾아가 보지 않아도 되었고, 주말이면 근교로 여행을 다니며 허세 가득한 피드를 SNS에 업로드하기 바빴다.

어느덧 한국의 친구들이 이탈리아에 살고 있는 나를 부러워했고, 내가 그들 사이에서 동경의 대상이 되는 것이 싫지만은 않았다. "한국에 가면 한번 보자!"라고 말하는 내가 그렇게 멋있어 보일 수가 없었다. 순수했고 허영심이 가득했다. 그렇게 한동안은 마냥 즐거웠다. 이탈리아의 미친 행정절차를 경험해보기 전까지는 말이다. 체류허가증을 신청하고 받는 데 6개월, 그 후에 거주지 등록을 완료하는 데까지 6개월 그리고 이탈리아 운전면허증으로 바꾸는 데 또 6개월이 걸렸다. 면허증을 손에 쥐기까지 1년 6개월이라는 시간이 걸린 것도 모자라 집에 인터넷을 설치하는 데 3개월이나 걸렸다. 대중교통 파업은 왜 그리 자주 하는지 버스는 제시간에 온 적이 없었고, 기차가 200분씩 연착되는 것은 놀라운 일도 아니었다. 은행 볼일이라도 한 번 볼라치면 1시간은 기다릴 것을 예상하고 읽을 책을 싸 들고 나서야 했다. 영업시간은 또 왜 그리 짧고 주말엔 왜 문을 여는 상점이 없는 건지, 24시간 편의점은 고사하고 배달도 안 되는 나라인데다가 21세기에 열쇠뭉치는 또 웬말인가! 집에 들어가려면 문을 최소 세 번은 따고 들어가야 하는데 이탈리아 도둑들은 문 따는 데 도가 텄지 싶다.

　　　　이 모든 불편함을 감수하고도 남을 만큼 이 징글징글한 이탈리아는 나에게 오래도록 살고 싶은 나라가 되었다. 꼬부랑 글씨도 제법 읽고 말할 줄 알게 되었고, 하늘을 바라보며 계절을 느낄 수 있게 되었고, 문화와 예술을 즐길 수 있게 되었다. 그러나 여행이 아니라 삶이 된 이상 누구나 와 보고 싶어하는 관광지에 산다는 것은 이제 그 어떤 설렘도 주지 않는다. 우리의 관심사는 한국과 똑같이 먹고 살면서 여행할 정도의 돈을 버는 것 그리고 우리가 온전히 휴식을 취할 수 있는 안정적인 내 집을 갖는 것뿐이다. 다만, 이곳에서 나는 조금 더 자주 행복했고 가끔 외로워졌다. 가족들이 보고 싶을 때 몰래 숨죽여 울기도 했고 수많은 인연을 떠나보내며 혼자 아팠다. 그럴 때마다 남편이라는 존재가 나에게 큰 위로가 되었다.

　　누구나 한 번쯤 해외에서의 삶을 꿈꿀 것이다. 그러나 지나친 동경과 환상만으로는 지속할 수 없음을 조심스럽게 이야기하고 싶다. 나는 이제야 겨우 그 느려터진 절차도 사람들도 조금씩 익숙해져 간다. 1년 6개월 만에 날아온 예전 집 전기세 영수증도 코로나 때문에 조금 늦어졌으려니 하며 허허 웃을 수 있으니 말이다.

# 내가 누군가의
# 낙이 되었다

이탈리아에 오기 전에 나는 새로운 사람을 만나면 늘 습관처럼 하는 질문이 있었다.

"당신은 낙이 뭐예요?"

여행의 맛을 알기 전까지 내 인생은 참 무채색에 가까웠다. 그래서 나는 다른 사람들의 낙이 궁금했다. 아니, 사실은 상대방의 "나도 낙이 없어"라는 대답을 들으며 위안 삼고 싶었던 것 같다. 그날도 습관처럼 내 앞에 앉아 있던 그에게 물었다.

"당신은 낙이 뭐예요?"

그러자 그 사람이 대답했다.

"내 낙은 당신."

사귀자는 낯간지러운 말 대신 우리 부부는 이렇게 연인 사이로 발전했고, 지금은 결혼 3년 차 친구 같은 부부가 되었다. 로마에서 만나 지금은 베네치아에서 살고 있다. 우리는 이탈리아에서 만나고 연애를 시작했지만, 사실 첫 만남은 시리도록 추운 겨울날 대구의 어느 막창집에서였다. 그때 그는 로마에서 여행 가이드 일을 하고 있었고, 나는 무턱대고 시작했다 쫄딱 망한 사업의 빚을 갚으며 살 궁리를 하고 있었다. 서로가 공통적으로 알고 있는 지인 A를 통해서 우연히 밥 한 끼 한 것이 계기가 되었고, 그날 이후 그는 로마에서, 나는 대구에서 각자의 삶에 집중하느라 바빴다. 그러다 문득 처음 알게 된 그의 직업이 궁금해졌다.

'해외여행 가이드라….'

며칠을 몰두해 인터넷 검색을 했고, 내가 잘할 수 있을지 생각할 겨를도 없이 눈에 들어왔던 프랑스 파리의 여행 가이드 공고를 보고는 이력서를 냈다. 면접에서 나를 제발 뽑아달라고 애걸복걸해가며 필사적으로 구두 계약을 받아냈고, 무슨 일을 하는 건지 월급은 얼마를 줄 건지도 묻지 않은 채 카드빚 독촉을 피해 무작정 프랑스 파리로 떠났다. 정말 겁이 없어도 너무 없었고, 철이 없다거나 순진하다고 하기에도 어중간한 26살의 나였다. 그날의 결단 덕분에 지금 나는 팔자에도 없던 유럽 이탈리아에서 그중에서도 베네치아에서의 장기전을 계획하고 있지만, 처음 파리에 도착해 '나는 여기서 오래 살진 못하겠구나' 하고 느끼기까지는 오랜 시간이 걸리지 않았다.

숙식제공이 된다고 좋아했던 파리의 지하철 7호선 끝 도미토리 민박집에 도착했다. 심혈을 기울여 싸 온 28인치 캐리어 하나만 놓고 펼 수 없는 그 공간이 내 집이자 일터가 된다고 했다. 그마저도 아래층 침대에 손님들은 매일 바뀌고 그 손님들과 아침을 맞이하고 투어를 하고 저녁에는 그들의 여행담을 들어줘야 한다고 생각하니 벌써부터 머리가 지끈거렸다. 아무것도 의심하지 않고 쫓아온 내 불찰이다. 자유의 도시 파리에 왔지만 나에게 그 자유는 허락되지 않았다. 나와 비슷한 시기에 파리에 여행 가이드 일을 하러 온 친구가 있어서 그나마 버틸 수 있었지만 나는 파리에 도착한 지 채 한 달이 지나지 않아 이탈리아 로마로 가이드 일자리를 찾아 떠나게 되었다.

2015년, 그때는 배낭여행이 붐이기도 했고, 해외여행 가이드 수요가 많았던 때라 가이드 일을 어렵지 않게 구할 수 있었다. 내가 파리에 거주하고 있었기 때문에 로마로 떠나는 것은 거의 도시 이동을 하는 것만큼 쉽게 느껴졌다. 이탈리아 로마에 오고서야 비로소 자유를 느꼈고, 그때야 막창집에서 만났던 남자가 문득 떠올랐지만, 전화번호도 모르고 SNS 연결고리도 없어서 도무지 연락할 방법이 없었다. 그러고 보면 우리는 첫 만남에서 서로에게 어지간히 관심이 없었구나 싶다.

　새로운 회사에서는 바로 투입될 가이드가 필요했기 때문에 로마에 도착하자마자 실습이 시작되었고, 선배 가이드의 투어를 듣기 위해 바티칸에서 하루를 온전히 보내고 있었다. 그날의 마지막 코스인 바티칸 시스티나 소성당의 미켈란젤로 천장화 아래서 남편과 나는 영화에서나 볼 법하게 우연히 재회를 하게 되었는데, 그때의 상황은 누가 봐도 운명이라고밖에 볼 수 없었다. 막막하고 새로운 나라에서 안면 있는 누군가를 만났다는 것이 그저 반가웠지만, 사실 우리가 만나서 이렇게 부부의 인연을 맺게 될 줄은 그땐 꿈에도 몰랐다. 인생은 정말이지 결과를 알 수 없는 타이밍의 연속이다. 시스티나 소성당에서 우연히 만났던 날부터 우리는 전화번호를 주고받고 자연스럽게 주말 데이트를 시작하며 서로를 알아갔다. 나중에 남편에게서 들은 이야기에 의하면 남편은 우리가 로마에서 처음 우연히 만났던 그날 '이 여자와 결혼하겠다'라고 직감했단다.

　그나저나 로마에서의 데이트라니, 연애라니…. 누가 들으면 그저 로맨틱할 것만 같지만 사실은 그 장소와 상황과 타이밍 모든 것들이 우리를 결혼으로 몰고 갔다. '몰고 갔다'는 표현 말고는 적합한 표현을 찾기가 힘들다. 결혼을 해야 할 시기에 서로를 만났고, 호감을 가졌고, 자연스럽게 연애도 결혼도 하겠다 마음

먹었으니 결혼으로 '몰고 갔다'라는 표현 말고는 달리 설명할 길이 없다. 서로 사랑해서 죽고 못 사는 결혼은 아니었지만, 운명처럼 만나 무덤덤하게 이어져 온 지금까지의 사랑이 나는 너무 좋다. 결혼식에는 큰 의미를 두지 않았기에 부모님을 위한 형식적인 예식을 치르고 10만 원짜리 금가락지 하나씩 나눠 낀 것이 우리 결혼식 준비의 전부였다. 근사한 프로포즈는 없었고 그렇다고 서운해할 나도 아니기에 눈 딱 감고 부모님을 위한 예식만 치르고 돌아오기로 했다. 그러나 아무리 결혼식에 대한 환상이 없다 해도 우리가 만나고 결혼까지 약속한 이 도시에서 문득 사진은 제대로 한 장 남기고 싶어졌다. 결혼식을 위해 출국하기 하루 전날 5만 원짜리 드레스에 흰색 운동화로 급히 치장하고 로마의 새벽을 누비면서 우리끼리 부랴부랴 찍은 셀프 웨딩 사진이 지금까지 이탈리아에 살면서 가장 잘한 일 중 하나가 되었다.

남편을 만나며 아니, 결혼이라는 것을 하며 내 삶에는 많은 변화가 있었다. 가장 감사한 것 중 하나는 집순이였던 내가 '여행'이라는 낙이 생겼다는 것이다. 그러나 그동안 나만 바라보고 살면 되던, 한편으로는 이기적인 내 인생에 남편이라는 기둥이 거대하게 자리 잡으며 많은 것을 내려놓게 되기도 했다. 특히나 해산물을 전혀 먹지 않는 남편 때문에 베네치아에 살면서도 해산물을 멀리하고 살아야 한다는 것은 나에게는 엄청난 고통이었다.

출국 하루 전날 5만 원짜리 드
레스에 흰색 운동화 차림으로
부라부라 찍은 셀프 웨딩 사진

전혀 다른 두 사람이 서로를 알아가고 인정해가는 폭풍 같은 시간이 지나자 남편을 이해하게 되면서 비로소 뭉클하고 안쓰러운 마음이 고개를 내밀었다. 이 머나먼 타지에서 가장이라는 무게를 혼자 짊어지고 있는 남편을 보면서 내가 경제적인 부분에 보탬이 될 수 있을까 생각해 봤지만, 현지에서 나 같은 외국인이 언어를 완벽하게 구사할 줄 모르는 상황에서 일자리를 구하기란 쉽지만은 않았다.

일을 하지 않고 육아도 하지 않는 여성은 쓸모없는 존재처럼 느껴지기도 해서 한동안은 자존감이 많이 낮아져 있었지만, 고맙게도 그때마다 남편의 도움으로 잘 극복해 낼 수 있었다. 돌이켜 보면 로마에서 처음 만났던 그 순간부터 우리는 서로의 낙이자 버팀목이 되어 타지에서의 삶을 함께 일궈내고 있다. 코로나라는 일생일대의 위기를 겪으면서 24시간을 붙어있게 되니 더 격렬한 싸움을 하면서 서로의 존재가 더 짙어질 수밖에 없었다. 이제는 낙이 무어냐 순수한 질문을 내뱉던 우리는 없지만 언제 그랬냐는 듯 서로에게 따뜻한 말 한마디 간지럽지 않게 내뱉을 수 있는 사이가 되었다.

# 살고 싶은 나라,
# 이탈리아

　　　　　　　　소심하고 누구 앞에 나서는 것을 싫
어하는 내가 영업 일을 시작하게 될 거라는 것은 그리고 그 조직
사회가 의외로 나와 잘 맞았다는 것은 시도해 보지 않았다면 절
대 알지 못했을 것이다. 이탈리아에 오기 전 24살의 나는 우연히
미국 화장품 사업을 시작했다. 말이 사업이지 사실은 네트워크
마케팅이라는 거창한 말로 포장하는 다단계에 가까웠다. 대학을
졸업하고 이듬해의 일이었다. 내가 했던 다단계는 남을 괴롭히거
나 가두는 것이 아니라 다단계 조직의 특성인 목표와 성취 욕구
그리고 인간의 욕심을 자극시키는, 내가 나를 괴롭히는 악순환의
연속이었다. 결국 다단계를 하면서 빚을 많이 지기는 했지만 20

대 때의 그 경험은 돈 주고도 배울 수 없는 큰 자산이 되었기 때문에 후회는 없다. (다단계 비즈니스를 했던 것에 대해 한 점 부끄러움도 없지만 그것이 자랑스럽다고 이 글을 쓰는 것은 아니다.)

내가 24살에 다단계를 시작한 가장 큰 이유는 무엇보다도 극심한 취업난 때문이었다. 지방의 인문계 대학을 졸업한 내가 가장 쉽게 취업할 수 있는 직업군 중 하나가 바로 영업이었는데, 그중에서도 다단계는 일반적인 직장인들보다 돈을 훨씬 많이 벌 수 있을 것 같다는 지극히 단순한 생각 때문이었다. 졸업을 하기도 전에 덜컥 입사한 정수기 영업조직에서 화장품 다단계로 이직을 한 것이다. 20대의 영업사원과 다단계 시절의 이야기를 풀어내자면 또 책 한 권을 쓸 수 있을 정도다.

지금 생각해보면 우리 부모님은 정말 선비, 보살 아니, 그보다도 더 넓은 우주같은 존재였다. 당신 딸이 평범한 직장생활을 하길 원하셨을 테지만 내가 성인이 되고 선택한 길에 대해 단 한 번도 안 된다고 하신 적이 없다. 나는 부모님의 애타는 마음도 모른 척해가며 취업의 첫발을 영업조직에 들이고 난 후에 실로 다양한 세계에 눈을 뜨게 되었다. 나처럼 20대에 다단계 비즈니스를 시작하는 사람은 거의 없었지만 온라인 세상에 익숙한 나에게는 큰 기회의 시장이기도 했다. 물론 좋은 상품이 뒷받침되어야 가능한 일이었고, 내가 선택한 화장품의 제품력만큼은 자신이 있었다. 그리고 수익 창출의 조건과 혜택도 표면상으로 볼 땐 정말 좋았기 때문에 내가 노력하기만 하면 일반 직장인들보다 훨씬 많은 돈을 벌 수 있었다. 실제로 눈앞에 화려한 성공을 거둔 사람들도 많았고.

이탈리아에 올 때도, 다단계를 시작할 때도 일단 저지르고 보는 내 성격 때문에 참 후회를 많이 했지만 만약 내가 그렇게 신중한 성격이었다면 나의 이탈리아 삶도 시작되지 못했지 싶다. '이렇게 좋은 제품을 팔아서 돈을 많이 벌어보자!' 경험 삼아 쉽게 시작했던 일이 폭발적인 성장을 거듭해 비지니스를 시작한 지 1년 6개월여 만에 회사에서 제공하는 소나타 차량을 비롯한 각종 프로모션 달성과 시니어 세일즈 디렉터라는 높은 직급까지 올라가게 되었다. 나에게는 인맥도 돈도 없었지만 온라인 쇼핑몰과 블로그로 홍보를 하며 젊은 사람이 할 수 있는 비즈니스의 저력을 맘껏 뽐낼 수 있었다. 그때부터 나는 온라인에서 기록하고 나를 드러내는 일을 지속해 왔는데, 지금 생각해보면 그것이 개인 브랜딩이고 마케팅이었던 것 같다. 지금은 '이태리부부'이지만 그땐 '김마력'이라는 이름으로 나를 알려 나갔다.

평균 연령이 40대 이상인 화장품 영업조직에서 20대의 나이로 시니어 세일즈 디렉터가 되있다. 세나가 1년에 100명도 안 되는 인원에게만 주어지는 차량 프로모션의 달성은 그야말로 핫이

슈였다. 내 비즈니스를 하면서 전국으로 강의를 하러 얼마나 많이 불려 다녔는지 모른다. 그땐 내가 정말 특별한 사람이라도 된 것처럼 착각에 빠져 살았는데, 돌이켜 생각해보면 그때의 나는 겉모습은 우아한 백조였지만 사실은 가라앉지 않기 위해 죽을힘을 다해 발버둥을 치고 있을 뿐이었다. 차도 없이 높은 구두를 신고 뜨거운 여름에도 세일즈 디렉터를 상징하는 자랑스러운 투피스 유니폼을 차려입은 채 2년을 넘게 대중교통을 타고 다니며 비즈니스를 했다.

무거운 짐가방에 판매할 제품, 케어 제품을 이고 지고 방방곡곡 안 가본 곳 없이 열심히도 누볐다. 나이도 어린 데다 차가 없다고 무시당할까 봐 차가 있는 척, 하나도 안 힘들고 즐거운 척, 행복한 척, 돈을 억수같이 버는 척 가면을 쓰고 살았다. 물론 실적이 좋은 달도 있었지만 다단계의 특성상 팀빌딩이라고 부르는 팀원 모집도 많이 해야 하고 팀원 전체의 판매실적도 좋아야 하는데, 실적이 좋지 않으면 내 돈으로 물건을 내리는 날도 많았다. 나는 뚜벅이였기 때문에 회사에서 제공하는 여러 프로모션들 중에서 차량이 가장 간절했는데 그렇게 간절히 바라던 자동차를 내 돈을 들여가며 억지로 달성하고 보니 참 허무했다. 조금만 더 노력하면 해당 회사에서 두 번째로 높은 직급으로 올라갈 수 있었지만 나는 모든 것을 내려놓고 도피의 목적으로 2015년에 이탈

리아로 떠나왔다.

　단기간에 빠른 성과를 이루며 20대 어린 나이에 내가 원하는 목표를 이루어 냈지만 성공의 절반은 결국 내가 메꾼 돈 덕분이었다. 그 누구도 내 등을 떠밀지 않았지만 작은 성공이 불러일으킨 성공의 맛은 점점 큰 욕구를 불러일으켰고 결국엔 내가 나를 무너뜨렸다. 다단계는 그런 조직이다. 내가 그 속에 몸담고 있을 땐 모르지만 내려놓고 밖에서 보면 객관적으로 보인다. 그러나 작은 성공이 큰 성공을 부르듯이 성공을 해본 사람만이 또 다른 성공을 이뤄낼 수 있고 기회를 얻을 수 있다. 그런 의미에서 다단계 비즈니스를 시도해봤고, 20대 때 큰 성공과 실패를 맛본 나의 경험이 없었다면 과연 나는 이곳에서의 삶을 상상이나 해볼 수 있었을까. '평범한 직장생활을 했더라면, 대구의 막창집에서 남편을 만나지 못했더라면, 비즈니스에 실패하지 않았더라면…' 모든 경우의 수들이 만들어낸 결과가, 심지어 내가 지금 살고 있는 나라가 이탈리아가 맞는지조차도 가끔은 믿어지지 않지만 결국에는 돌고 돌아 내가 오래도록 살고 싶은 나라를 찾았고 이곳에서의 장기전을 꿈꿀 수 있게 된 것만으로도 쉽지 않은 용기를 내어준 내 자신에 대한 보상은 충분히 받았다 싶다.

나는 이기적이게도 내가 하고 싶은 일만 하며 여기까지 왔지만 나를 위해 묵묵히 희생해준 부모님이 안 계셨다면, 평범한 직장생활을 하는 맏딸을 원하셨다면 나는 지금쯤 어디서 누구와 함께하고 있을까 문득 궁금할 때가 있다. 상상하고 싶지 않을 만큼 나는 지금의 삶에 만족하며 살아가고 있다. 그러나 내 삶에 만족한다는 것은 어쩌면 스스로를 기어코 궁지에 내몰아야 누릴 수 있는 호사인지도 모르겠다.

# 집 나간 딸을 찾아,
# 엄마의 첫 해외여행

2015년 늦은 봄, 대구 공항에서 기약 없이 엄마와 작별 인사를 하던 날, 엄마는 내가 무슨 이유 때문에 그 먼 곳으로 가는지, 언제 돌아올 건지도 묻지 않으셨다. 끝까지 아무렇지 않은 듯 웃는 모습으로 나를 배웅했지만 추적추적 비가 내리는 대구 공항에서 딸을 보내며 혹여나 마음이 바뀌어 다시 돌아오지 않을까 거의 반나절을 눈물을 훔치며 서 계셨다고 했다. 엄마가 걱정할 거라는 길 뻔히 알면서도 나는 내 생각만 하던 이기적인 딸이었다. 엄마는 내가 프랑스 파리에 잘 도착했다는 연락을 받을 때까지 먹지도 잠을 자지도 못했다고 했다. 나는 엄마의 기다림도 모른 척하며 1년을 훨씬 넘기고도 한국에 돌아가지 않았다.

나를 기다리던 엄마는 당신의 인생 첫 해외여행으로 집 나간 딸을 만나러 머나먼 이탈리아 로마로 날아오셨다. 나를 만나러 오기 위해 난생처음 여권이란 걸 만들고, 평생을 남의 밑에서 일만 하시다가 50년 인생에 처음으로 열흘이란 긴 시간을 자유롭게 지내셨다. 여행을 준비하면서 엄마는 어떤 마음이었을까? 한 번도 묻지 않았지만 세상에서 가장 긴 시간을 떨어져 있다가 만난 딸에 대한 그리움의 마음이 여행에 대한 설렘보다 더 크지 않았을까 짐작만 해볼 뿐이다. 여행 내내 엄마는 "딸 덕에 유럽 여행도 하고 호강한다"라며 좋아하셨지만 나는 그 말에 담긴 의미를 알기에 마음 한구석에는 죄송스러운 마음뿐이었다. 50년 중에 단 열흘, 나는 오로지 엄마를 위한 여행을 준비했고, 엄마를 맞이했고, 여행을 즐겼다.

여행을 준비하면서 비로소 알게 된 사실은 '나는 엄마에 대해 아무것도 아는 것이 없다'는 것이었다. 늘 나만 생각해왔던 이기적인 딸이었고, 엄마는 항상 내 옆에 있는 당연한 존재로만 여겨왔다. 엄마가 어떤 음식을 좋아하고 어떤 도시를 좋아할지 몰라서 여행준비가 정말 막막하다는 사실을 깨닫고 이번 여행을 통해 엄마를 조금 더 알아가기로 했다. 여행을 하면서 엄마는 빵과 피자 같은 밀가루 음식을 좋아한다는 것과 바다보다 산을 더 좋아한다는 것, 사진 찍는 것을 나보다 더 좋아한다는 것을 알았다. 여행 내내 엄마는 내 손을 꼭 잡고 다니셨고 마음껏 엄마와 한 침대에서 잠을 자면서 그동안 하지 못했던 이야기들을 나누었다. 어쩌면 우리에게는 여행보다도 함께하는 그 순간이 필요했는지도 모르겠다.

오랜만에 마주하는 시간이 즐겁기도 했지만 나는 여느 모녀 지간과 마찬가지로 여행 내내 티격태격 잦은 싸움도 했다. 내가 다 큰 딸이랍시고 오랜만에 만난 엄마에게 구구절절 핀잔을 주었다. 엄마는 나를 위해 30년을 희생했고 1년이 넘는 시간을 아무것도 묻지 않고 묵묵히 기다려 주었는데, 나는 그 며칠도 참아내질 못했다. 멀리 떨어져 있을 땐 그렇게 보고 싶던 엄마였는데 말이다. 당신도 힘드셨을 텐데 엄마는 여행의 기분을 망치지 않기 위해 내 잔소리를 묵묵히 받아들이시며 다음 날에는 여느 때와 마찬가지로 먼저 내 손을 잡았다. 그럴 때면 나는 미안하다는 말 대신 엄마가 가장 좋아하는 빵을 골라주었다.

열흘이라는 짧은 일정이었지만 이탈리아 남부부터 베네치아까지 우리는 참 알차게도 여행했다. 마치 그 여행이 우리의 마지막인 줄 알았던 것처럼 말이다. 엄마는 묵묵히 살 따라 주었고, 엄마와 찍은 사진들을 보니 엄마는 세상에서 가장 행복한 표정을

로마 여행 중인 엄마와 동생

짓고 계셨다. 꼭 다시 엄마를 모시고 이탈리아를 여유롭게 여행하겠노라고 다짐했다.

우리 여행의 마지막 도시는 베네치아였다. 몇 년 후에는 이 도시로 이사 올 예정이라고 했더니 "나는 베니스가 제일 좋았다" 하시며 나보다 더 기대하시는 눈치셨다. 엄마는 언제나 내가 하는 일에 안 된다고 하신 적이 없다. 무슨 일이 있어도 내 편, 무조건 잘될 거라고만 하셨다. 그 부분에 대해서는 엄마에게 정말 감사하다. 여행을 마친 후 공항에서 엄마를 배웅하고 오던 길, 나를 보내던 날의 엄마처럼 나도 하염없이 눈물이 흘렀다. 오늘따라 엄마가 많이 보고 싶다. 엄마를 만나면 사랑한다고 말해주며 꼭 안아주어야겠다고 부질없는 다짐을 했다. 해외에 사는 자식은 이유 불문 불효자다.

# 일상이 되어버린
# 베네치아의 풍경

　　　　　　　　베네치아는 늘 이런 식이다. 봄이 왔
나 싶다가도 꽃샘추위가 찾아와 다시 겨울옷을 꺼내야 하나 고
민하기가 무섭게 언제 그랬냐는 듯이 초여름 무더위가 찾아와 배
신감마저 들게 만든다.

　　이즈음의 계절은 마치 사춘기를 겪는 아이 같다. 어김없이 올
해 5월 말에도 실내 난방에 의존해야 할 만큼 으슬으슬 춥고 매
일같이 비가 내리더니 6월이 되자 거짓말처럼 반팔 옷을 꺼내 입
게 만들었다. 일찍 추위가 찾아오는 베네치아에서 거의 8개월 가
까이를 긴 옷으로 온몸을 감싸고 살았는데 갑자기 맨살을 내놓
기가 부담스럽게 여름은 순식간에 찾아오고야 만 것이다. 봄이

아닌 바야흐로 여름 말이다.

날씨가 좋아지면 베네치아 아낙들이 가장 먼저 하는 일은 빨래다. 겨우내 습기에 묵은 이불부터 침대보, 식탁보 등 큰 것부터 작은 것까지 하루에도 몇 번이나 빨래를 해댄다. 그 시기에 길거리를 돌아다니면 향긋한 빨래 냄새가 골목마다 흩어져 코를 찌르는데 이 수많은 빨래 사진들은 베네치아를 돌며 하루 만에 찍은 것들이다. 그날이 겨울에서 여름으로 넘어가는 딱 그날이었나 보다. 베네치아에는 한국처럼 최신식 건조기는 없지만 뜨거운 햇볕 아래에서 한 시간이면 금방 보송보송 살균소독까지 되어 말라버리니 걱정할 것이 없다. 나는 이런 아날로그를 사랑한다. 베

네치아와 빨래는 참 잘 어울리는 것 같다. 같은 이탈리아 내에서도 밀라노의 경우는 도시의 미관을 해친다는 이유로 집 밖에 빨래를 너는 것이 금지되어 있다. 물의 도시 베네치아이다 보니 혹여나 바람에 날려 기껏 해놓은 빨래가 물에 빠지지 않을까 쓸데없는 상상을 해본다. 흩날리는 빨래 밑으로 아이들이 킥보드를 타거나 술래잡기를 한다. 엄마들은 노심초사하며 아이들을 바라보거나 동네 엄마들끼리 신나게 수다를 떠는데 놀이터라는 장소에 한정되지 않아도 그저 모이기만 하면 모두가 신나 보인다.

사실 관광지라고 불리는 본심 베네치아에 바퀴 달린 것은 진입할 수 없다. 그러나 아이들의 킥보드나 유모차, 어린이용 자전거는 예외인데, 이탈리아는 아이들에게 있어서만큼은 참 관대한 나라다. 지나가는 아이들에게 어른들이 사랑의 눈길을 보내는 것은 물론이고, 최소 몇 시간씩은 기다려야 하는 악명높은 관공서에서도 유모차는 무조건 1순위다. 밀고 들어가기만 하면 가장 먼저 업무를 처리할 수 있기 때문에 오죽하면 우스갯소리로 이민국에 갈 때만이라도 옆집 아이 유모차를 빌려달라고 해볼까 하고 남편과 이야기했을 정도다.

아이가 최우선인 나라, 이탈리아 사람들을 대하다 보면 어렸을 때부터 부모에게뿐만 아니라 누구에게나 사랑을 듬뿍 받으며 자라와서 사랑을 줄 수 있는 여유를 가진 사람들인 것 같다는 생각이 든다.

베네치아의 좁은 골목을 걸으며 널어놓은 빨래 사진을 찍고 있는 이 순간에도 아이들은 부모님과 함께 킥보드를 타고 자전거 타는 법을 배우며 깔깔댄다. 1년 내내 관광객들로 가득 차 피로감이 몰려올 법도 하다는 생각이 무색하게 그들은 관광지에서도 사람 냄새 나게 살아가는 방법을 터득한 것 같다. 널려있는 빨래를 보면서 그 집에 사는 사람들을 상상해본다. 아기 옷이 걸려있으면 '이 집엔 아기가 살고 있나 보다' 하고 말이다. 남녀 불문하고 속옷을 부끄러움 없이 걸어둔 모습에 절로 웃음이 새어 나왔다. 할아버지들은 팬티 차림으로 슬금슬금 창문 곁으로 걸어

나와 바싹 마른 티셔츠를 걷어서 입고는 다시 들어가 버리기도 한다. 이곳은 관광지이기도 하지만 삶의 터전이기도 하다는 걸 깨닫게 되는 순간이다.

# '이탈리아스럽다'는 것

내가 타야 할 기차가 210분 연착되었을 때, 예고도 없이 대중교통 파업을 했을 때, 체류 허가증 갱신을 신청하고 다음 해 갱신 직전에야 발급되었을 때, 느려 터진 인터넷 설치가 3개월만에 완료되었을 때 등등 내 입에서 "참 이탈리아스럽다"라는 말이 나오는 경우는 대부분 부정적인 일을 겪었을 때다. 이탈리아 사람들조차도 이탈리아를 "부로크라치아(Burocrazia, 관료 근성, 형식주의)의 나라" 또는 "되는 것도 안 되는 것도 없는 나라"라는 표현을 하는 게 전혀 이상하지 않다. 이들에게는 기다림이 익숙함인지 우체국에 갈 때 읽을 책을 가져가고, 기차가 200분 연착되어도 모두가 외마디 탄식을 내지를 뿐

한두 번 겪는 일도 아니라는 듯이 차분하게 기다림을 이어간다.

나는 처음 이탈리아에 왔을 때 체류 허가증을 신청하는 것이 특히나 힘들었는데, 신청 자체보다도 기다림의 연속이 애가 타서 이민국에 가는 것이 곤혹스러웠다. 체류 허가증을 신청하기 위해서는 먼저 우체국에 가서 서류를 작성하고 체류 허가증을 위한 서류를 동봉해서 보내면 이민국에 가는 날짜를 받을 수 있는데, 보통 신청 후 3개월 이상이 걸린다. 정해진 날짜에 이민국에 가면 지장을 찍고 발급일까지 또 3개월을 기다려야 한다. 정해준 시간 따위는 의미 없이 무조건 아침 일찍 가서 기다리면 운이 좋아야 4~5시간 만에 업무를 끝낼 수 있다. 체류 허가증이 발급되면 수령하는 날짜도 문자로 지정을 해주는데 그날도 2~3시간 기다릴 것을 각오해야 한다. 체류 허가증을 신청하고 받는 절차도 지역마다 다르겠지만 내가 살고 있는 베네치아에서 체류 허가증을 신청하고 받기까지는 보통 8개월 정도가 걸린다. 받고 나면 바로 다음 체류 허가증을 신청해야 하는 기가 막힌 상황이 벌어진다. 체류 허가증이 있어야 거주지 등록도 할 수 있고, 주치의 지정도 할 수 있는데 체류 허가증이 없는 상태에서 8개월을 보내야 하니 성질 급한 한국인에게는 미칠 노릇이다.

그나마 지금은 많이 초월한 상태이지만 여전히 기다림의 과정은 익숙해지지 않는다. 특히나 병원에서의 기다림은 피를 말리는 고통을 동반하곤 한다. 정말 긴급한 상황이라 앰뷸런스를 타고 병원에 입성하지 않는 이상은 사립병원에 가거나 주치의에게 진단을 받아 주치의가 지정해주는 전문 병원에 예약을 잡고 가야만 진료를 받을 수 있다. 나의 주치의는 일주일에 4일만 진료를 보는데 그마저도 일정치 않아 주치의 예약 잡기가 하늘의 별 따기보다도 어려워 의사 진료를 기다리다가 늘 병이 먼저 낫는 신비한 병원 시스템을 경험하곤 했다. 이탈리아 병원은 주사도 약도 잘 안 준다더니 그보다도 의사 만나기조차 어려운 곳이다. 내가 급해서 사립병원에 가야 할 때도 예약이 당일에 바로 되는 경우는 거의 없어서 애를 먹었다. 병원비는 또 얼마나 비싼지 사립 안과 병원비로 120유로(15만 원)를 지불하고 기겁을 했던 적이 있다. 그렇게 안과를 3번을 방문하며 50만 원의 돈을 쓰고 나서는 한국의 의료 시스템에 대한 찬양을 하지 않을 수가 없었다. 병원에 다니면서 차도가 있다면 물론 돈을 써도 괜찮았겠지만 안과에 3번이나 다녀오고도 아파서 한동안은 고생을 했다. 한국에서는 진료비 5,000원에 해결될 일을 이탈리아에서는 50만 원을 쓰고도 해결하지 못해 고생한 것이다. 게다가 이탈리아 의사들은 내가 한국 병원에서 시력 교정술(라섹)을 받았다는 말을 믿지 못하고 돌아가면서 내 눈을 들여다보며 연신 한국의 의료기술에 대한 찬사를 보내곤 했다. 안과에 3번을 다니는 동안 원인은 알지

못한 채 왼쪽 눈만 안대를 한 채 일주일을 생활해야 했다.

그러던 중 베네치아의 관광지 중 한 곳에서 한쪽 눈만 보인다고 입장료 절반을 깎아주는 것이 아닌가. 아저씨에게 연신 고맙다고 인사를 하면서도 믿기지 않아서 웃음이 터져 나왔다. 현지인들에게 이야기했더니 대수롭지 않다는 반응이었다. 정말이지 이탈리아스러운 상황이 아닐 수 없다. 모든 것이 느리지만 인본주의의 나라답게 몸이 불편하거나 아픈 사람 사람들에게는 엉뚱하지만 따뜻한 배려도 하는 나라구나 싶었다.

이탈리아에 살면서 안과 말고도 몇 번이나 병원 신세를 지게 되었는데 가장 최근의 일화는 자전거를 타다가 넘어져 앞니 2개가 부러지는 바람에 치과에 가게 된 사건이었다. 하필 저녁때라 부러진 이빨을 찾지도 못한 채 혀로 부러진 앞니를 낼름거리며 과연 내일 당장 진료는 받을 수 있을지, 금액은 얼마나 나올지, 한국으로 가야 할지 머리를 굴리며 밤을 지세우고 다음 날 아침 가장 빨리 문을 여는 치과로 달려갔다. 정면으로 넘어지면서 이가 부러졌으니 당연히 내 얼굴도 말이 아니었다.

간호사가 내 얼굴을 보더니 당장 예약된 손님의 진료까지 미뤄가며 나를 먼저 치료해 주었고 얼굴에는 상처 연고를 발라주었다. 그러고 보니 밤새 문을 연 약국도 없어 상처가 난 그대로 잠이 들었는데 부러진 이빨을 생각하느라 얼굴의 상처는 신경 쓸 겨를이 없었던 것이었다. 치과에서 빠르게 처치해 주시고 나를 다독여주신 덕분에 이탈리아 병원에 대한 그동안의 나빴던 감정들이 눈 녹듯 사라지게 되었다. 이가 조금 부러진, 그들의 입장에서는 대수롭지 않은 일로 30분은 내 이야기를 들어주고 맞장구를 쳐주며 긴장을 풀어주었다. 의료기술은 한국이 훨씬 뛰어날지 몰라도 그날 병원에서 받은 따뜻한 마음 덕분에 나는 이탈리아의 병원이, 언어의 장벽이 두렵지만은 않게 되었다. 힘들면 또는 아프면 한국에 가면 되지 하던 이탈리아에 대한 가벼웠던 마음이 이제는 무슨 일이 있어도 이곳에서 해결해보자는 마음으로 바뀌면서 이 나라에 한 발짝 더 다가서게 된 것이다. 그것도 그토록 치를 떨던 병원 덕분에 말이다. 아, 한 가지 덧붙이자면 3주에 걸쳐 800유로(100만 원)라는 진료비 영수증을 받기 전까지는 그랬다.

# 베네치아에
## 서서히 스며드는 일상

2015년 5월에 캐리어 하나 달랑 끌고 이탈리아 로마에서의 짧지 않은 여행을 시작했다. 그로부터 3년 후 결혼해 남편과 둘이 되었고 우리는 고작 캐리어 4개의 이삿짐을 끌고 로마에서 베네치아로 단출하게 이사했다. 이삿짐치고는 캐리어 4개로 턱없이 부족했지만 꼭 필요한 것만 짊어지고 새로운 도시에서 새로운 삶을 시작하기로 마음먹은 것이다. 우리가 로마에서 베네치아로 오게 된 가장 큰 이유는 내가 로마에서의 삶이 썩 행복하지 않게 느껴졌기 때문이다. 변화가 필요했고, 때마침 남편 회사의 베네치아 지점이 생겨서 그 기회를 놓칠 수 없었다.

사람들이 생각했을 때 이탈리아에서 가이드로 살면 매일 멋진 관광지를 여행하고, 그저 화려하게만 보이기에 많은 사람이 동경하는 일이지만 내가 바라본 남편의 일은 직업적인 측면에서 보면 중노동에 가깝다. 물론 많은 여행객에게 지식을 전달하고 즐거운 추억을 함께하는 의미 있는 직업이고 한때 나도 가이드를 꿈꿨지만 현실은 늘 이상보다 버거운 법이다. 추울 때는 추운 곳에서, 더울 때는 더운 곳에서 온전히 노출되어 일하고, 하루 종일 수십 명이 되는 손님들을 인솔해야 하고, 특히 남부 투어에 가는 날은 새벽 5시에 집을 나서서 저녁 10시 이후에야 집으로 돌아오는 날이 허다했는데, 그 모습이 안쓰러우면서도 나는 점점 더 고립되어 갔고 예민해져 갔다.

변화가 필요했고 마침내 기회가 왔다. 베네치아 지역은 새로 투어를 만들고 꾸려야 했기 때문에 남편에게는 도전이기도 했지만 도전은 언제나 설레고 성공했을 때는 달콤한 보상이 따르는 법이다. 베네치아와 근교 돌로미티 지역이 한국 관광객들에게 사랑받을 것이라는 사실을 믿어 의심치 않았고 무엇보다 베네치아 지역은 반나절만 투어하면 남편은 저녁이 있는 삶이 아니라 점심이 있는 삶까지 누릴 수 있었다. 새로운 도시에서의 삶은 기대 반 걱정 반이었다. 도착하자마자 뼛속까지 시린 추위와 우중충한 날씨, 냉소적인 분위기에 베네치아에 대한 첫인상은 좋지 않았지만 깨끗한 거리와 따뜻한 중국 음식 덕분에 마음이 스르르 녹아내렸다.

우리는 집을 구하지 못한 채로 도착했기 때문에 2주를 비싼 호스텔에서 묵을 수밖에 없었다. 베네치아 본섬인 관광지는 집값도 비싸고 주거환경이 썩 좋지 않아서 스무 군데 이상의 부동산에 발품을 판 끝에 관광지에서 조금 떨어진 현지인들이 거주하는 메스트레(Mestre) 지역에 월세만 100만 원에 달하는 복층 구조의 집을 구했다. 100만 원이라 하면 비싸게 느껴지겠지만 로마에서는 훨씬 열악한 주거 환경과 위치에서 100만 원이 넘는 월세를 감당하고 살았으니 주거환경만 봐도 베네치아에서의 삶의 질이 훨씬 높아졌다고 할 수 있다.

집 앞에 메스트레 기차역이 있어서 10분이면 베네치아 본섬에 닿을 수 있고, 한국 식재료를 구할 수 있는 중국 식품점이 근처에 있어서 편의성도 잘 갖춰진 집이었다. 남편이 오전 투어만 하게 되자 시간의 여유가 생기면서 오후에는 함께 학원에 가서 늘 콤플렉스였던 언어 공부를 했다. 그동안 생각만 해 오던 자격증 시험을 치고, 함께 취미생활로 할 수 있는 유튜브 채널도 개설했다. 일의 강도가 줄어 남편의 월급도 줄었지만 우리가 같이 할 수 있는 일이 늘어나자 이탈리아에서의 삶이 더욱 즐거워지면서 마음에 여유가 넘쳤다. 이 도시에서는 더 이상 고립되지 않겠다고

결심하면서 나는 그동안 배우고 싶었던 재봉틀이나 이탈리아 문학, 미술 수업을 수강했고, 베네치아에서 중학교 졸업장도 땄다.

　이탈리에서 중학교 졸업장을 따기로 마음먹은 것은 학위 취득의 목적이 아니라 순전히 공교육을 통해 이탈리아 사람들을 조금 더 알고 싶다는 마음 때문이었다. 언어뿐만 아니라 문화, 예술, 그리고 사람들에 대해 호기심이 생기면서 비로소 이탈리아에서의 삶이 시작되었고, 더욱더 이곳에 매료되었다. 로마에서 살았을 때처럼 남편이 집에 오기만을, 남편의 휴일만을 목 빠지게 기다리는 내가 아니라 이제는 체계적으로 언어를 배우고, 이 도시에 파고들며 사회 활동을 해나갈수록 점점 남편에게 내가 도움이 되는 일도 생기고, 서로에게 발전적인 방향으로 흘러갔다. 더할 나위 없이 행복했다.

금전적인 수입으로 가정경제에 도움이 되어야겠다고 늘 생각해왔지만, 돈을 버는 것보다 더 중요한 것은 먼저 내가 나를 되찾는 것이었다. 내가 바뀌고 나니 별것도 아닌 일로 싸우던 부부 사이도 안정을 되찾고, 이탈리아에서의 삶이 이전보다 훨씬 풍요로워지면서 비로소 이곳에서의 삶을 구체적으로 계획하게 되었다. 전 세계 유일무이한 물의 도시 베네치아가 관광지가 아니라 삶의 터전이 된 것이다. 아름다운 하늘을 매일 목놓아 바라보고, 산마르코 광장이 우리 동네 놀이터가 되었다.

베네치아를 매일 마주하는 기분이 어떠냐고 묻는다면 나는 '유명한 셀럽과 결혼해 매일 아침 민낯을 마주하는 느낌'에 비유하고 싶다. 관광지가 삶의 터전이 되면 장소가 주는 설렘은 일찌감치 사라지지만 그 속에서 부딪히는 많은 문제와 불평등을 하나씩 해결해 나아가는 설렘이 익숙함처럼 남았다.

# 이탈리아의 여름이
# 기다려지는 이유

　　　　　　　　　　시끌벅적한 밤이 지나고 새벽에도
후끈하고 눅진한 공기에 저절로 눈이 떠지는 계절, 여름이다. 이
곳의 여름은 언제 끝나나 싶게 질기다가도 막상 간다면 붙잡고
싶은 그런 계절이다. 여름용 별장이 있거나 별장을 가진 친구가
있었다면 우리도 별장에서 한 달을 그저 아무것도 하지 않기의
진수를 보여줄 수 있었을 테지만 별장은 커녕 살고 있는 집도 늘
쫓겨 다니는 처지에 우리에게 여름은 그저 한철 성수기에 불과
하다. 남편이 한창 바쁠 때는 한 달에 26일을 일만 하며 보내던
여름도 있었다. 덕분에 주머니는 두둑했지만 하루를 마음 편히
쉴 수 없어 늘 신경이 곤두서 있는 계절이기도 했다. 남편뿐만 아

니라 나도 신경이 곤두서긴 마찬가지였다. 35도가 넘는 집에서 에어컨도 없이 땀을 뻘뻘 흘리며 지내야 했기 때문이다. 이탈리아에서 다섯 번의 이사를 하는 동안 한 번도 에어컨이 있는 집을 가져보지 못했다. 어떤 날은 집에 있던 내 립스틱이 집 안 열기에 녹아 문드러졌다. 여름은 참 끔찍이도 더운 계절이지만, 아이러니하게도 나는 늘 여름이 기다려지곤 한다.

내가 좋아하는 시원한 여름 맥주의 맛을 제대로 즐길 수 있고, 여름 세일이 있고, 지척에 바다와 산이 있고, 크고 작은 여름 축제들이 있고, 무엇보다도 태닝을 할 수 있기 때문이다. 집 옥상에서 수영복을 입고 살결을 태우는 시간이 그렇게 행복할 수가 없었다. 남들은 산으로 바다로 휴가를 떠나지만 나는 시원한 스파클링 와인에 얼음을 둥둥 띄워 마시며 옥상 태닝으로 여름 휴가를 대신했다. 내가 여름철 태닝에 집착 아닌 집착을 하기 시작한 이유는 이탈리아에서 여름 휴가 기간을 보내고도 피부색이 그대로이면 사람들이 '돈이 없어서 휴가를 못 갔구나' 하고 안쓰럽게 생각한다는 말을 어디선가 우연히 들었기 때문이다. 처음엔 자연 태닝하는 방법을 몰라 피부색이 얼룩덜룩했지만 이젠 제법 자연스럽게 구울 수 있게 되었다.

이탈리아에서는 페라고스토(Ferragosto)라고 불리는 8월 15일 성모승천일을 전후로 여름 휴가를 많이 가는데 관광지와 필

수 산업을 제외한 대부분의 상점이 8월 한 달은 휴가로 문을 닫는다. 처음 로마에 살았을 때 8월엔 집 근처에 문을 연 카페테리아가 없어서 버스를 타고 관광지까지 나가서 커피를 마셨던 기억이 있다. 이탈리아 사람들만큼 회귀 본능이 강한 민족이 있을까 싶은데 대부분은 가족이 있는 고향 또는 여름 집에 모여 가족들과 한 달이라는 시간을 보내거나 산에서 바다에서 정말 아무것도 하지 않는 여름을 보낸다. 그에 비하면 우리는 이탈리아에서 6년을 넘게 살면서 그들처럼 아무것도 하지 않는 여름을 보낸 적이 없다. 베네치아로 이사하면서 어쩌면 그럴 수도 있겠다 희망을 품던 중 뜻밖에 코로나를 맞았다. 이제는 여름뿐만 아니라 1년 내내 아무것도 하지 않을 수 있는 백수 처지가 된 것이다.

　코로나가 휩쓴 2020년의 여름은 아이러니하게도 여행하기에 최적의 시기였다. 7~8월은 비싸서 엄두도 못 내던 이탈리아 남부의 전망좋은 숙소들을 10만 원대에 예약할 수 있었고, 관광객들이 거의 없어서 여행 물가까지 저렴해진 것이다. 게다가 코로나의 상황도 안정적이어서 하루에 100명대를 유지하고 있었으니 일주일 정도는 이탈리아의 남부에서 늘어지기로 결정했다. 여름철에는 한 달에 절반을 여행객을 인솔하며 남부에서 보내곤 하던 남편도 남부에서 맞이하는 첫 번째 휴가가 내심 설레는 눈치였다. 이탈리아에 살면서 처음으로 카프리에서 그리고 포지타

노 해변에서 현지인들처럼 해수욕을 했다. 내 몸이 어떻든 나이가 얼마든 부끄럼 없이 모두가 손바닥 만한 수영복을 걸치고 자유롭게 한 자리씩 차지한 채 시간을 보냈다. 낮잠을 자기도 하고, 책을 읽기도 하고, 샌드위치를 먹기도 한다. 하루 종일 아니면 일주일 또는 한 달을 그곳에서 보내는 사람들 같다. 정말 아무것도 하지 않는, 그야말로 휴가를 보내는 사람들이다.

여름철은 늘 여행자들과 함께이던, 여행도 훈련처럼 하던 남편도 아무것도 하지 않을 자유를 누렸다. 서서히 해가 지고 서늘한 바람이 불면 해수욕을 마치고 저녁 식사를 하기 전 아페르티보(Apertivo, 식전주 문화)를 하기 위해 바다에 있던 사람들이 하나둘씩 바에 모인다. 사람들은 내일이면 또 해변에서 똑같은 자리에서 각자의 방식으로 시간을 보내고 저녁을 맞이할 것이다. 그리고 매년 같은 해변을 찾아와 같은 방법으로 여름을 보낼 것이다. 아무것도 하지 않는 여름, 우리 모두가 붙잡고 싶은 그런 여름날이었다. 어쩌면 우리에게 필요했던 아무것도 하지 않는 여름날을 코로나가 알게 해준 것일지도 모르겠다.

# 새해 첫날의
# 베네치아

퇴사의 고민을 가슴에 품고 절친한 친구가 연말, 연초를 보내기 위해 내가 사는 베네치아로 2주간 여행을 왔다. 새해가 시작되는 1월 1일은 여행 중 절반을 지나는 시점이었다. 친구에게는 퇴사와 새로운 출발에 대한 고민이, 나에게는 여느 때와 마찬가지로 30살 백수 주부로서의 고민이 자리하고 있었다. 남들이 봤을 땐 화려한 이탈리아에서의 삶이지만 육아도 하지 않고 직업도 없는 나는 자존감 하락과 삶의 무력감에 한창 빠져 허우적거리고 있었다. 미래에 대한 고민을 함께 나눠보자며 친구에게 오라고 했지만 그녀가 비행기 티켓을 결제하자 나는 덜컥 겁이 났다.

이곳에 있는 동안 많은 한국 지인들이 다녀갔지만 아무리 가까운 사람이라 해도 손님을 접대하는 일은 적잖은 부담으로 다가오기 때문이다. 그래도 오랜만에 친구와 함께할 생각에 신이 났다. 유럽에서 새해맞이를 하게 될 그녀를 위해 12월 31일 화려한 불꽃놀이를 보러 가자고 큰소리를 뻥뻥 쳤지만 수많은 인파가 몰린 탓에 거리가 통제되어 고생만 하다 집으로 돌아와 그해의 마지막을 라면과 막걸리로 달래게 되어 퍽이나 미안하던 참이었다. 1월 1일은 한바탕 뜨거운 밤을 보내고 온통 조용할 텐데 무엇을 할까 고민하다가 무작정 집을 나섰다.

우리는 새해의 첫날 아침 일찍 무언가에 이끌리듯이 베네치아의 리도섬으로 향했다. 베네치아의 리도섬은 베니스 국제영화제가 열리는 섬이다. 당연히 모든 상점은 문을 닫고 적막할 거라는 우리의 예상과는 달리 해돋이를 보며 많은 사람이 맨몸으로 바다 수영을 시도하고 있었다.

수많은 인파 중에서도 우리의 눈길을 끈 노부부가 있었다. 우리가 해돋이에 심취해 있을 무렵 노부부는 어울리지 않는 귀여운 털모자를 쓰고 바닷가의 우리 곁으로 성큼성큼 다가왔다. 한 치의 망설임도 없이 아내로 보이는 여성은 옷을 벗고 수영복만을 걸친 채 차가운 바다로 몸을 맡겼다. 마치 오랫동안 오늘만을 기다려왔다고 결심한 사람처럼 결의에 차 있는 모습이었다. 춥다거나 외마디 비명도 없이 심지어 가벼운 스트레칭도 없이 스스로 차가운 바다로 걸어 들어갔다. 보는 사람들만이 걱정스러운 눈빛으로 쳐다보았고 당사자는 여유롭게 미소까지 지어 보였다. 남편은 그런 아내의 모습을 카메라에 열심히 담고 있었다. 어떤 결심이었는지, 어떤 마음이었는지는 끝끝내 알지 못했지만 그날 차가운 바다에 몸을 내던지던 중년 여인에 대한 기억 때문인지 리도섬은 강렬하게 잔상이 남아있다.

앞으로 매년 새해 첫날이 되면 리도섬을 찾을 이유가 생겼다. 나는 언제쯤 겨울 바다에 뛰어들 용기가 생길까? 그날은 눈만 마주치면 모든 사람이 "아우구리(Auguri, 축하해)!"를 외쳐주었다. 차가운 바닷바람에 손발이 모두 꽁꽁 얼어붙었지만 마음만은 뜨겁게 녹아내렸다. 1월 1일의 베네치아는 대부분의 상점이나 미술관, 박물관이 휴관이므로 바쁜 여행자들에게는 최악의 여행 기간에 속하지만 조용히 산책하기에는 더할 나위 없이 좋다. 저녁이 되자 문을 닫았던 상점들이 슬금슬금 문을 열기 시작했다. 이때다 싶어 우리는 와인을 한 병씩 샀다. 그러고는 노을을 안주 삼아 홀짝 마셔버렸다. 약간 아쉬운 듯싶게 취기가 오를 때 베네치아가 훨씬 아름다워 보이는 건 기분 탓일까? 구름도, 노을도 새해답게 신선하게 느껴졌다.

며칠 후 친구는 일상으로 돌아갔고, 나는 베네치아에 그대로

남았다. 언제나처럼 새해 첫날의 다짐은 작심삼일로 끝이 났지만, 나는 하루하루 최선을 다해 살아가고 있고, 타지에서 살아남기 위해 고군분투하고 있다. 해외 생활의 고단함은 해가 갈수록 진지하게 파고든다. 특히나 모든 가족이 모이는 크리스마스 연말부터 새해가 되면 한국에 있는 내 가족이 그립고, 몇 년 차라고 말하기도 부끄러운 내 이탈리아어 실력에 좌절하고 만다. 평생을 살아도 이탈리아인이 될 수 없는 이방인이라는 사실이 내가 사회적 소수자임을 증명하는 것만 같다. 그러나 아이러니하게도 고민이 깊어질수록 내가 이탈리아에서의 삶을 지속해야만 하는 이유도 하나둘씩 늘어간다. 팔자에도 없는 유럽 생활을 얼떨결에 시작한 것처럼 언제까지 이곳에서의 삶을 지속하게 될지 모르겠으나 최소한 마지막 순간까지 평범한 삶을 기록하는 일을 멈추지 않았으면 좋겠다.

"비범한 삶이라 기록하는 것이 아니라 매일 기록하면 비범한 삶이 된다."

# 진짜 내 집은
## 어디에

나는 로마에서 세 번, 로마에서 베네
치아로 한 번, 베네치아에서 또 한 번 이탈리아에서 꽉 찬 5년을
사는 동안 총 다섯 번의 이사를 했다. 지금 사는 집은 코로나로
봉쇄되기 불과 며칠 전에 이사해 아직 1년을 채 살지 못했다. 우
리 부부가 눈물 콧물을 다 쏟으며 힘들게 구한 집인데, 집주인이
코로나로 경제 상황이 나빠지면서 소유하고 있는 집들 중 몇 채
를 팔아야겠다며 회계사와 조율 중이라는 소식을 알려왔다. 경기
가 좋지 않아 집이 쉽게 팔리겠나 싶으면서도 또 새로 집을 구해
야 할까 봐 초조해함과 동시에 '이 집에 정 붙이지 말자, 필요 없
는 물건은 미리 조금씩 버리자' 하면서 남편과 설레발을 치고 있

는 중이다.

　이탈리아에서 집을 살 생각은 없었지만 집을 구하고 이사하는 번거로운 행위를 거의 매년 행사처럼 치러 내다 보니 '어차피 한국에서 내 집 마련은 틀렸고, 이탈리아에서 집을 사야 하나?'로 생각을 바꾸게 되었다. 처음에 이탈리아에 왔을 때 집이란 것은 내 한 몸 누일 방 한 칸만 있으면 되었기 때문에 중국 커뮤니티와 한국인 지인들을 통해서 방 한 칸을 빌려 살다가 남편과 결혼하면서 두 사람이 함께 살 집을 구하게 되었다. 방이 아니라 집을 구하는 것은 문제가 복잡해진다. 호의적인 집주인과 부동산을 만나는 것이 가장 좋고, 그렇지 못하면 집 때문에 생고생을 하게 된다.

　이전에 살던 집은 계약 연장을 앞두고 집주인이 새로운 연인과 사랑에 빠지면서 이혼 소송 중 살 집이 필요해 급하게 나올 수밖에 없게 된 사연이 있다. 계약 만료 시기가 하필이면 코로나가 기승을 부리던 때라 집을 구하는 게 여간 힘든 것이 아니었다. 이탈리아에서 짧게 살다 갈 생각이라면 행정절차나 부동산도 필요 없이 비교적 집을 쉽게 구할 수 있었겠지만 우리는 남편이 이곳에서 세금을 내고 있기에 장기 체류 허가증을 받기 위해서는 합법적인 거주지가 꼭 필요했다. 집주인들은 아무 행정절차 필요 없이 짧게 살다 가는 내외국인 학생이나 노동자를 선호하지, 우리처럼 절차를 원하는 외국인은 항상 순위에서 밀린다. 아니, 우리 같은 외국인은 집주인을 만나는 것조차도 쉽지 않다. 부동산 문을 열자마자 외국인은 그냥 무조건 "No!" 하고 보는 중개사가 대부분이기 때문이다. 처음부터 "No!"라고 하지 않고 대화를 시도해 주는 부동산들은 우리를 호구로 보고 인터넷에 나와 있는 시세보다 적게는 100유로에서 많게는 250유로까지 월세를 높게 불렀다.

1월부터 2월 초까지 남편과 나는 50군데가 넘는 부동산을 다녔다. 이제는 정말 시간이 별로 없었다. 누군가 집을 보여주기라도 하면 당장 계약을 해야만 했다. 우리의 그런 두려움이 부동산 중개업자의 눈에도 분명 보였을 거다. 말도 안 되는 컨디션의 집을 비싼 가격에 선심 쓰듯이 내놓았는데 우리에게 마지막 기회가 될 것만 같았다. 울며 겨자 먹기로 계약금을 걸고 집수리를 해줄 것을 구두로 약속받았다. 약속된 날에 다 함께 집을 보고 계약서에 사인하기로 했다. 약속된 날 집을 보러 갔더니 그럼 그렇지 단 한 군데도 손을 본 흔적이 없었고, 계약서에 빨리 사인하기만을 요구했다. 5년이나 되는 계약 기간을 이런 쓰레기 같은 집에서 살 수는 없었다. 흔적을 남기지 않고 구두 계약만 받아낸 우리의 실수였다. 이미 프로포스타(Proposta, 제안서)를 쓰면서 한 달치 월세를 지불했기 때문에 이 상황에서 우리가 거절하면 한 달치 월세는 날리는 셈이었다. 그러나 우리는 계약금 850유로(110만 원)를 포기하고 남은 기간에 다른 집을 찾기로 했다. 이탈리아 말로는 안 되니까 한국말로 내가 할 수 있는 욕을 걸쭉하게 내뱉고 쿨하게 나왔지만 속은 쓰렸다. 그리고 걱정이 몰려왔다. 돈이 아까워서가 아니었다. 이대로라면 진짜 땅바닥에 나앉을 수도 있겠다 싶어서였다. 남은 2주 안에 새로운 집을 구해야만 한다. 머리가 깨질 것 같았다. 이제 더 이상 새로 가볼 부동산도 없었다.

지금까지 갈고닦은 인맥을 총동원해보기로 한다. 내 사정을 동네방네 이탈리아 사람들에게 알리고 도움을 요청했다. 그중에서 나와 함께 오랫동안 이탈리아어 책 읽기 모임에 다니던 베로니카(Veronica)와 남편인 시청 직원 마씨모(Massimo)가 우리를 도와주겠다고 선뜻 나서 주었다. 웬만하면 남의 도움을 받고 싶지 않았지만 우리가 물불 가릴 처지는 아니었다. 우리의 현재 사정, 원하는 집의 조건, 가격대 그리고 우리가 다녔던 부동산의 횡포들, 내가 만든 부동산 블랙 리스트도 넘겨주었다. 그는 시청 직원이자 건축가여서 도시의 사정이나 특히나 집에 관해서는 전문가였다. 마씨모가 활동하는 여러 페이스북 페이지에 글을 남겨주었고, 적당한 집을 우리와 함께 보러 가주고, 계약서를 작성하는 것까지 도와주었다. 그 모든 일이 2주 만에 일어났다. 당연히 부동산을 거치지 않았기 때문에 부동산 중개 수수료도 내지 않

앉는데 좋은 집주인과 마음에 꼭 드는, 그것도 이탈리아에서 보기 드문 건축 10년 미만의 집을 구하게 되었다. '우리 선에서 해결할 수 없을 것 같은 일들이 이탈리아 사람을 거치면 이렇게 쉽게 이루어지는구나' 싶어서 그에게 진심으로 감사의 인사를 전하고 어떻게든 보답하고 싶다고 이야기했지만 도리어 마씨모는 우리에게 외국인으로서 부딪히는 현실적인 문제들을 이야기해 주어서 고맙다고 이야기했다.

새집으로 그들을 초대해 한국 음식을 대접하고 싶었지만 1년이 지난 지금까지 봉쇄와 거리 두기 단계의 완화와 격상 그리고 그들의 코로나 감염으로 아직 한 번도 초대하지 못했다. 지금은 건강을 회복해 잘 지내고 있지만, 이제는 전염병이 남이 아니라 내 일이 될 수도 있겠구나 싶은 생각이 현실적으로 다가와 가슴이 철렁 내려앉았다. 그 이후로도 동네 식육점 아저씨, 이탈리아어 수업을 함께 듣던 많은 친구들이 감염 소식을 전해왔다. 위기를 살갗으로 겪으면서 나는 더욱더 이곳에서 더 이상 옮겨다니는 삶이 아닌 소유물로서의 내 집을 마련해야겠다는 생각을 했다. 바깥 상황이 혼란스러워도 정신과 육체가 온전히 편안한 내 집, 더 이상 옮겨 다니지 않아도 되는 내 집 말이다.

# 나는 아직도
# 이탈리아어가 두렵다

"이탈리아에 사시면 이탈리아어 잘
하시겠네요?"

이 질문은 "중문과 졸업하셨으면 중국어 잘하시겠네요?"라
는 질문만큼이나 나를 부끄럽게 만든다. 10년 이상 공교육에서
영어를 배운 7차 교육과정 세대이고, 중고등학교 때 제2외국어
는 일본어를 배웠고, 대학 전공은 중국어였고, 이탈리아에서 7년
째 거주하고 있지만 나의 언어는 여전히 0개 국어에 가깝기 때문
이다. 그나마 모국어인 한국어도 가끔은 이야기를 할 때 단어가
생각이 안 나서 남편에게 추상적으로 묘사를 하고 있는 내가 참
한심할 지경이다.

아이러니하게도 한국에 가면 평소에 많이 쓰는 단어나 말들은 한국어보다도 이탈리아어로 먼저 생각이 났다가 한국어로 바꿔내곤 하는데 한국어 패치가 장착되었다가 이탈리아에 오면 또 한동안은 물건을 살 때조차도 의기소침해진다. 내가 이탈리아어를 접할 수 있는 환경에 있지 않거나 또는 목표가 있지 않는 이상 나의 이탈리아어는 처음 배울 때의 수준에서 멈춰있게 된다. 사실 현지에 살아도 전업주부인 내가 "얼마예요? 커피 한 잔 주세요" 그 이상의 이탈리아어를 사용할 기회가 얼마나 될까. 나처럼 소극적이고 외국인 친구를 사귀는 것이 두려운 이들은 더욱더 언어를 습득하기가 힘들다. 그렇기 때문에 이탈리아어를 접할 수 있는 환경에 처하는 것이 절실했고, 1년 정도는 매일 어학원에 다니면서 언어 실력이 급격히 향상되었던 것 같다. 물론 그렇다고 해서 능숙하게 대화를 하거나 원서를 사전 없이 읽을 수 있을 정도의 성장은 아니다.

이 나라 말을 조금 할 줄 알게 되면서 나의 세계는 또 한 단계 확장되어 갔다. 단어에서 문장을 말하고, 들리고 읽을 수 있다는 것만으로도 숨통이 트이는 것 같았다. 그러나 삶이 그렇게 쉬운 문제가 아니듯 학교에서 배우는 교과서적 언어와 현실에서 부딪히는 언어는 또 다르다는 것이 늘 나를 주눅들게 했는데 특히 관공서나 병원에 갈 때는 전날부터 바짝 긴장이 되어 내가 해야 할 말을 종이에 적어 달달 외워도 예상치 못한 질문이 나오면 나는 또 꿀 먹은 벙어리가 되고 마는 일이 잦았다. 이탈리아에 살면서 인종차별은 당해본 적이 없지만 언어 차별은 늘 당하며 살아간다. 부당한 일이 있어도 손해를 감수하며 살아야 함은 물론이고, 몸과 마음이 늘 긴장된 상태에 놓이게 된다. 특히 돈이나 집 문제에 있어서는 항상 예민해지는데 공과금이 터무니없이 높게 부과가 되어도 꼼꼼히 따져내 받을 수도 없고(이건 매년 반복되는 일), 쫓겨나듯이 이사를 다닐 때마다 까다로운 집 계약서는 도무지 읽어낼 도리가 없어 보증금을 날리기도 했다. 식당에서 관광객들이 음식값 10~20유로 더 내는 것과는 차원이 다른 문제다.

나는 지금 대한민국이 아닌 이탈리아에 살고 있고, 거주하는 국가의 언어를 제대로 구사할 줄 모르면 한국에서 내가 어떤 사람이었든 상관없이 백지 인간이 된다. 의사 표현을 제대로 할 수 있다는 것이 인간의 삶에서 얼마나 중요한지, 특히 외국에서의 언어는 삶의 질에 비례한다는 말을 몸소 깨닫게 되었는데 내 이름조차 내 입으로 말할 수 없는 나라에 온 순간부터 그야말로 전혀 새로운 세상에 발을 들여놓게 된 거나 다름없었다.

이탈리아에 오래 살면 당연히 이탈리아 말을 잘하게 될 줄 알았지만 나처럼 한국인 남편과 결혼을 하고, 한국 사람들만 만나고, 한국말만 하면 절대 현지에 살아도 이탈리아 말이 늘 수가 없

다. 단언컨대 언어 실력이 살아온 햇수에 비례하지는 않는다. 언어를 제대로 구사하지 못하면 가장 불편한 점 중 하나가 무조건 대면 업무를 해야 마음이 편하다는 것이다. 전화로 무슨 일을 진행해야 할 때 그 긴장감이란 이루 말할 수가 없다. 관공서나 우체국, 은행 등에 볼일이 있거나 궁금한 점이 있으면 전화상으로는 내가 원하는 대답을 100% 알아듣거나 확인을 할 수가 없어서 무조건 몇 시간을 기다리더라도 직접 찾아가서 확실히 업무를 보고 와야 마음이 편하다. 시간 낭비, 몸 고생이 따로 없다. 누군가는 아이를 낳아 기르면 아이를 통해 언어를 자연스럽게 습득할 수밖에 없다고 하지만 나는 아이에게 부끄러운 엄마가 되고 싶지는 않다. 늘 나를 괴롭히던 언어 콤플렉스를 해결하기 위해 과외, 학원, 언어교환 프로그램 등 안 해본 것이 없었고 언어 실력은 조금씩 향상되었지만 나는 여전히 답답했고 포기하고 싶은 순간들이 불쑥 찾아와 나를 괴롭혔다. 언제쯤 두려움을 온전히 떨칠 수 있을지 모르겠지만 두려움이나 미숙함이 살아낸 시간에 비례하지 않는다는 것 그리고 포기하면 내 인생은 절대 바뀌지 않는다는 것쯤은 알게 되었다.

로마에 살았을 때 매일 저녁 남은 피자를 데워 나에게 가져다 주던 중국인 아주머니의 피자가 그리워 로마에 여행 간 김에 아주머니의 피자집에 들렀다. 꼭 5년만이었던가. 이탈리아에 처음 왔을 때 '나도 저 아줌마처럼 이탈리아어를 잘 해야겠다'고 생각했었다. 이제 보니 문법에 하나도 맞지 않은 문장을 이탈리아어처럼 말하고 있었는데 전혀 생경한 언어였기에 나에게는 잘하는 사람처럼 느껴졌던 것이다. 이탈리아에서 20년을 살아도 그럴 수 있구나 싶었다. 새로운 세계에 던져진 이방인이라 불리는 우리 모두가 언어 콤플렉스를 가지고 살아가고 있다고 생각하니 조금은 위안이 되면서도 평생을 살아도 치열한 전투를 지속할 수밖에 없을 현실을 직시하고 나니 머릿속이 복잡해졌다.

# 처음이자 마지막이 된
# 베네치아 미용실 경험담

해외 생활의 뜬금없는 복병은 미용실이다. 내가 아무리 외모를 가꾸지 않는 사람이라 해도 중학교 2학년 때부터 고수해온 단발머리를 유지해야만 했기 때문에 적어도 분기별로 한 번은 꼭 미용실에 가야만 했다. 이탈리아에서 아시아인의 모질을 잘 다루는 미용사를 찾기는 어렵고 가격도 만만치 않다고 들어왔기 때문에 나는 늘 중국인들이 운영하는 미용실에서 중국 스타일의 단발머리를 유지하는 정도로만 타협하곤 했다. 펌이나 염색은 고사하고 똑단발로 1년을 버티다가 한국에 휴가를 가면 가상 먼저 하는 일이 목욕탕에서 세신을 하는 것과 미용실에 가는 일이었다.

모두가 휴가를 가버리는 여름철이면 남편이 부엌가위로 싹둑 잘라주기도 했는데 어색한 손놀림과 달리 꼼꼼한 남편의 성격답게 늘 그럴싸하게 마음에 들어서 칭찬을 아끼지 않았다. 남편의 의외의 재능을 이탈리아에서 발견한 것이다. 옷과 화장품은 안 사면 그만이라지만 매일 자라나는 머리카락은 어찌할 도리가 없다. 남편 손에 커트를, 그것도 부엌가위로 맡기는 여자라니, 나처럼 가성비 좋은 아내가 어디 있을까?

사실 나는 외모를 가꾸거나 옷을 사는 데 투자를 거의 하지 않는 편이다. 예전에 화장품 사업을 했을 때 좋은 화장품을 많이 써보고, 치장도 많이 해보고, 예쁜 옷도 마음껏 입어봐서 그런지 이제 가꾸는 것이 귀찮기도 하고 돈이 아깝기도 하고 무엇보다 미련이 없다(참 다행스럽게도 말이다). 명품의 나라 이탈리아에 살면서 내가 명품이나 치장하는 것에 관심이 있었다면 아마 남편이 7개월째 백수가 되어버린 지금쯤 제값에 팔지도 못할 명품들을 허무하게 바라보며 중고로 팔아먹을 궁리만 하고 있었을 게 뻔하다.

화장품 사업을 그만둔 후 나는 한 점의 미련도 없이 스킨, 로션만 두고 모든 걸 쓰레기통에 버렸다. 고민은 길게 하지만 한 번 결심하고 나면 실행이 빠른 편이다. 화장을 하지 않으니 겉모습을 치장하지 않는 것에 대한 쾌감을 느꼈다. 타인의 시선을 의식

하며 살아야 하는 삶에서 벗어나 유럽에서의 삶은 나를 더 자유롭게 해주었다. 그렇게 살아지는 대로 살아가다 어느 날 아주 중요한 프로그램 제의를 받았다. 그제야 거울 속에 비친 내 모습을 바라보니 남편 손에 맡겨도 제법 괜찮다고 생각했던 내 머리 스타일이 눈에 들어왔다. 공식적인 자리에 내 모습을 비추어야 한다고 생각하니 그제야 제대로 거울에 내 모습이 눈에 들어오기 시작했다. 주근깨, 머리 스타일, 제대로 갖춰 입을 옷이며 화장품도 하나 없는 30대의 내가 초라하게 서 있었다. 해외에 살면 외모에 신경 쓰지 않아도 된다고 생각했지만 도저히 이대로는 봐줄 수가 없었다. 큰맘 먹고 이탈리아 미용실에 가기로 결심했다.

이탈리아살이 6년 만에 이탈리아 미용실은 처음이었다. 커트한 번 하는데 이렇게 큰맘까지 먹어야 했을 일인가 싶다. 그런데 미용실 가기가 이렇게 어려운 줄도 몰랐고, 커트비가 이렇게 비싼 줄도 몰랐다. 코로나 이후에 미용실은 최대한 사람 간의 접촉을 피하기 위해서 모두 필수 예약제로 바뀌었고, 미용 가운이나 머릿수건도 모두 일회용으로 사용하기 때문에 기본 재료비가 오른 데다가 샴푸비, 커트비, 드라이 비용까지 모두 따로 계산하는 이탈리아 미용실 계산법에 기겁했다. 애써 태연한 척하며 처음이자 마지막일지도 모를 이탈리아 미용실 방문기랍시고 요리조리 신기한 듯 사진을 찍어댔다.

내가 자리에 앉자마자 미용사는 한국처럼 잡지를 내 무릎에 올려주었다. 다양한 스타일은 없었고 무엇보다 마음에 드는 스타일이 없어서 잡지 책을 덮으며 미용사에게 "아시아인 머리를 잘라본 적 있어요?"라고 물어보았다. 당연히 있다며 여유 있게 웃어 보이는 모습에 마음을 놓고 "나는 당신을 믿으니 원하는 대로 잘라 보라"며 허세를 떨었다. 아니, 사실은 내가 원하는 디테일을 이탈리아어로 설명할 자신이 없었다. 그녀는 머리를 감을 것인지, 드라이를 할 것인지, 눈썹을 다듬을 것인지를 물었고, 염색과 펌을 권했는데 나는 커트 전에 머리를 감고, 드라이하는 것을 원한다고 했다. 생각보다 전문가스러운 미용사의 손놀림에 너무 마음을 놓고 이런저런 사담을 나눴다. 한국처럼 동네 미용실은 세계 어디나 사랑방의 역할을 하는구나 싶었다. 완성된 스타일도 다행히 제법 마음에 들었다.

이탈리아 미용실 첫 경험의 성공을 빨리 남편에게 이야기하고 싶었고, 나처럼 외모에 신경 쓰지 않는 남편을 데리고 와야겠다 마음먹고 있던 참에 미용사는 나에게 50유로(7만 원)를 요구했다. 샴푸, 커트, 드라이 비용을 모두 합한 금액이었다. 그럼 그렇지, 이렇게 행복하게 마무리 될 리가 없지. 미용실을 나오면서 올라갔던 입꼬리가 저절로 내려왔다. 7만 원이면 20년이 넘은 우리 엄마 단골 미용실에서 커트에 뽀글머리 펌, 염색까지 할 수 있는 금액이다. 퍽이나 속이 쓰렸지만 50유로를 쓴 대가로 말로만 듣던 이탈리아 미용실을 경험했고 미용실은 역시 한국이 최고라는 걸 깨달았으니 그걸로 값어치는 충분하다고 생각하기로 했다. 그리고 나는 다시 전담 미용사인 남편 손에 가위를 쥐여줘야겠다. 아니, 이참에 부엌가위가 아니라 미용가위로 업그레이드해 줘야지.

# 5천 원어치
# 주세요!

외국 여행에서 현지 시장은 꼭 들르는 필수 코스 중 하나다. 슈퍼마켓도 좋지만 현지 시장에 가면 왠지 모르게 내가 현지인이 된 것 같기도 하고, 볼거리, 먹을거리가 다양해서 웬만한 관광지보다 더 흥미롭기 때문이다. 내가 이탈리아 시장에 가서 놀랐던 점 중 하나는 한국과는 다른 새로운 식재료보다 우리나라처럼 "5천 원어치 주세요"가 안 된다는 거였다. 5천 원어치를 안 파는 것이 아니라 무게 단위로 물건을 판매하기 때문이다. 예를 들어, 사과를 살 때도 "얼마치 주세요"가 아니라 "1kg 주세요"라고 요청해야 한다. 그래서 가격표도 g당, kg당 가격으로 붙어 있다. "버섯 200g, 귤 600g 주세요"라는 말이 처음

에는 입에 붙지 않아 늘 번거로웠는데 지금은 무게 단위로 계산하는 것이 훨씬 합리적인 것 같다는 생각이 든다. 눈치 보지 않고 피망 한 개, 감자 한 알 이렇게 필요한 만큼만 구매할 수 있다는 점도 경제적이다.

이탈리아는 농산품 생산자와 소비자 간의 유통단계 축소를 의미하는 'km 0(킬로미터 제로)' 라는 제도가 있는데 그 지역에서 생산되는 신선한 식재료를 판매하거나 구입하면 세금을 감면해주는 제도다. 유통단계가 축소되기 때문에 지역 생산품에 대한 생산자와 소비자 모두 만족도가 높은 것 같다. 동네마다 'km 0' 식품만 판매하는 캄파냐 아미카(Campagna Amica) 마켓이 매주 열리는데 우리 동네는 토요일 오전에만 열린다. 신선한 야채나 과일부터 달걀, 꿀, 치즈 등 다양한 식재료의 생산자가 직접 소비자를 마주하기 때문에 신선하고 질 좋은 재료를 저렴한 가격에 구매할 수 있다. 캄파냐 아미카를 알고부터는 토요일 아침만 되면 자전거를 끌고 시장에 나가 한가득 물건을 구매해 오곤 했다. 신선한 물건을 저렴하게 구매한다는 점도 좋았지만 단골 가게가 생기고, 안부 인사를 주고받을 수 있는 관계가 형성된다는 점이 매주 나를 동네 시장으로 이끌었다. 처음 보는 신기한 식재료의 요리법을 물어보고, 하나둘씩 이달리아의 식재료를 알아가는 재미도 쏠쏠했다. 카르초피, 껍질콩, 호박꽃 등으로 제법 근사한 이탈리아 요리를 한 접시 만들어 내면 음식에 있어서만큼은 까다로운 남편도 잘 먹어주었다.

남편은 낯선 식재료에 대한 거부감이 많았는데, 실험정신 강한 아내 덕분에 억지로 삼킨 음식도 많았던 것 같다. 신선하고 질 좋은데다 가격까지 저렴한 식료품이 가져다주는 행복이 식습관과 더불어 우리 삶의 질을 높여주었다. 저절로 외식도 덜하게 되고 냉동식품이나 즉석식품 구입도 거의 하지 않게 되었다. 이탈리아의 제철 음식과 식품에 대해 관심을 가지게 되면서 매주 우리 집에 청소를 도와주러 오던 크리스티나(Cristina) 아주머니에게 이탈리아 가정식을 몇 가지 배워 지금까지도 잘 써먹고 있다. 청소를 도와주시는 분을 우리 집으로 일주일에 한 번씩 부른 가장 큰 이유는 집주인이 아시아인인 우리에게 집을 맡기는 것이 불안해서 집 계약서에 자신이 알고 있는 청소부에게 집 청소를 일주일에 한 번씩 맡길 것을 당부했기 때문이다. 이탈리아 사람들은 한국 사람 못지않게 자신의 집을 정말 아끼고 소중하게 생각한다. 처음엔 참 유별나다고 생각했지만 이탈리아식으로 집을 관리하고, 청소하고, 요리를 배울 수 있어서 나에게는 돈 내고 배운 값진 경험이었다.

이탈리아 집은 한국과 청소하는 세제와 방법이 모두 다르다. 특히 건식 욕실 청소법, 그리고 석회수를 제거하는 방법, 이탈리아식 침대 관리법, 나무 가구를 다루는 방법, 이탈리아 식재료와 요리 등을 크리스티나 아주머니 덕분에 정말 많이 배웠다. 이럴 때 이탈리아 시어머니가 곁에서 하나씩 가르쳐주면 좋겠다 싶은 철없는 생각도 들곤 했다. 크리스티나 아주머니는 매주 이탈리아 삶의 기본적인 매뉴얼을 친절하게 알려주었다. 특히 시장에서 당신의 단골집들을 내게 공유해주기도 했는데, 이제는 사과 한 알을 덤으로 주고, 물건값을 흥정하지 않아도 깎는 사이가 되었다.

나는 어김없이 다음 주도 그 집으로 출근 도장을 찍게 될 것이다. 비록 내가 좋아하는 오징어 젓갈과 뜨끈한 어묵 국물은 시장에 없지만, 이제는 꼬린내 나는 치즈 한 덩어리와 잘 어울리는 직접 담근 하우스 와인 한 병을 고르고 동네 빵집에서 갓 구운 빵을 사오는 내가 되었다. 내가 제법 이탈리아 아낙이 된 것처럼 느껴진다.

# 눈맞춤, 허그,
# 볼 키스

　　　　　　　멀끔한 유럽 남자들이 나와 눈을 마주치며 "본 조르노(Buon giorno, 좋은 아침입니다)!" 인사를 한다. '날 언제 봤다고 대뜸 인사야?'라는 생각과 함께 괜히 땅만 보며 걷게 된다. 처음 이탈리아에 왔을 땐 나만 빼고는 모든 사람이 경계의 대상이었기 때문에 괜한 친절을 베풀면 무조건 "No!"라고 외치고, 눈을 마주치면 외면하기 바빴다. 짧게 살다 떠날 거고 정 붙이지 말자며 내 스스로 벽을 치고 살았다. 그러나 거의 매일 마주치다시피 하는 동네 사람들이나 같은 아파트 주민들끼리는 어쩔 수 없이 서로 눈을 마주치고 나도 어렵게 입술을 떼어 "본 조르노" 하고 인사를 하다 보니 자연스럽게 옆집에 누가 사는지 윗

집과 아랫집엔 누가 사는지 알 수 있게 되었고, 어느새 아파트 회의에까지 참석하게 되었다. 입 안에서 또르르 굴리는 그 'r' 발음이 너무 생동감이 넘쳐서 나도 집에서 몰래 혼자 연습을 하면서 내일 아침 바(Bar)에서 활기차게 현지인들처럼 혀를 굴리며 인사해야겠다고 다짐하기도 했다. 모르는 사람에게도 눈을 마주치면 인사하는 그 문화가 점점 자연스러워지기 시작하면서 한껏 웅크리고 있던 내 마음도, 타인에 대한 무조건적인 의심도 서서히 내려놓게 되었다. 이제 길을 가다가 누군가와 눈을 마주치면 먼저 눈인사를 건네거나 "본 조르노" 하며 인사하는 여유마저 생기다니 나도 그새 유러피안이 다 되었구나 싶다.

그러나 여전히 익숙해지지 않는 게 있었으니 바로 '허그'와 '볼 키스'다. 이탈리아에서는 가까운 사람들과 만나 반가움을 표시할 때 허그를 하고 서로의 뺨을 양 볼에 맞대며 볼 키스를 한다. 이것을 '두에 바치(Due baci)'라고 부른다. 두에 바치는 도대체 얼마나 가까운 사이여야 할 수 있는 인사법인가 싶기도 하고 내가 먼저 타인에게 시도한 적은 없지만 상대방에서 막 반가워하며 두팔을 쫙 펴고 허그하자는 시늉을 하면 나도 엉덩이는 쭉 뒤로 빼고 쪽쪽 소리를 내가며 반가운 척 두에 바치를 한다.

뉴스에서는 유럽의 코로나 초기대응 실패의 원인을 마스크를 쓰지 않는 문화와 더불어 두에 바치 또는 허그 같은 인사 문화를 꼽았는데 100퍼센트의 원인은 아니겠지만 그들이 얼마나 격렬하게 인사를 나누는지 알고 있기 때문에 어느 정도 일리는 있다고 생각한다. '인사치레'가 아니라 이들의 인사에는 항상 '몸을 부대껴야 하는 진심'이 담겨 있다. 코로나가 한창 심각할 당시에 이탈리아에서는 두에 바치도 금지하고 멀찌감치 떨어져서 서로 안부를 묻곤 했는데 스스로 격리하고 거리를 두어야 살아남는 '스킨십 격리'의 시대가 그래서 더욱 슬프고 안쓰럽게 느껴졌다.

유교 문화에서 자라온 나에게는 여전히 어색한 인사법이지만 이런 스킨십이 나에게 큰 위로가 될 때도 있다. 두 달간의 봉쇄를 마치고 오랜만에 사람들과 자유를 만끽하며 나누었던 허그와 이번에 한국 일정을 마치고 이탈리아에 돌아와서 나를 꽉 안아주었던 베로니카(Veronoca)와 집주인 로베르토(Roverto)의 허그가 그랬다. 엄마를 그렇게 허무하게 보내고 다시 이탈리아로 돌아온 나에게 어떤 말보다도 가슴을 내어준 그들의 허그가 큰 위로가 되었다. 내가 너무 힘든 상황에서는 어떤 말도 위로가 되지 않지만 누군가가 옆에 있어 주는 것만으로도, 손을 잡아주거나 이렇게 꽉 안아주는 것만으로도 큰 위로가 된다는 것을 깨달았다. 평소에 간지러운 말이나 스킨십을 잘 하지 않는 편이지만 아무 말 없이 남편을 옆에서 꽉 껴안아 본다. 가족끼리 이러는 거 아니라

고 질색팔색할 줄 알았던 남편이 웬일인지 두 팔로 나를 꼭 껴안아 주었다. 멀찌감치 떨어져야만 살아남는 '스킨십 격리'의 시대에 언제든 가슴을 내어 위로를 줄 수 있는 남편이 옆에 있어서 참 다행이다. 이제 나는 두에 바치를 할 때 반가운 척, 어색한 척하지 않고 진심으로 누구든 힘껏 안아줄 것이다.

# 관계는
# 언제나 어렵다

　　　　　　사람 간의 관계에서 맺기보다 더 어려운 게 이별인 것 같다. 과연 이별에 능숙한 사람이 있을까? 친구, 연인, 가족 심지어 이웃과도 무수한 이별을 하며 살았고, 늘 처음 헤어지는 사람처럼 상처를 받았다. 이별의 상처는 시간이 해결해 주어도 새로운 상처에 또 아프곤 했다. 스쳐 지나갈 인연을 내가 미리 결정하고 벽을 치며 살아가기도 했지만 인간은 언제나 그렇듯 새로운 관계를 맺으며 살아가야 하고 어느 순간부터는 의연하게 반복되는 만남과 이별을 이겨냈다. 이제 나는 겨우 울지 않고 이별을 할 수 있게 되었다.

　　이탈리아에서 나는 특히나 많은 이별을 경험하며 살아야 했

다. 이탈리아에 살고 있는 외국인은 현지인 배우자가 있지 않는 한 체류 허가증을 발급받고 기간의 만료를 정한 채 살아가고 있기 때문이다. 우리는 합법적인 체류 기간이 지나기 전에 연장을 할 것인지, 떠날 것인지를 스스로 결정하게 된다. 그 유효기간에 맞춰 수많은 인간관계도 정리된다. 셀 수 없이 많은 새로운 사람이 오고 갔고, 나는 1년에 한 번씩 쫓겨 다니듯 이사를 해야 했기 때문에 정이 들만 하면 동네 사람들과 잦은 이별을 했다. 오고 가며 눈인사만 하던 사람도 있었고, 정말 크게 마음이 오갔던 사람도 있었지만 이별 후엔 각자의 삶을 살아내기에 바빠 관계를 지속하기 어려워졌다. 꼭 다시 만날 것처럼 아쉽게 인사를 하고 돌아서지만 얼마 지나지 않아 그 사람들을 한 번도 떠올리지 않는 일상을 살아내게 되고 나는 또 새로운, 유효기간이 얼마 남지 않은 관계를 맺었다. 이별을 염두에 두고 관계를 맺으면 그 사람과는 정말 무미건조한 대화만 오갈 수밖에 없다. 일상적인 이야기 그 이상도 이하도 나누지 않게 되고, 나를 괜히 드러내지도 않게 된다. 서로가 주고받을 것이 있다면 서로의 노력으로 관계가 이어졌지만 그렇지 않으면 무수히 흩어졌고, 수많은 만남과 이별을 반복하는 동안 오래도록 지속될 인연은 지금도 여전히 곁에 남았다.

물론 처음부터 이렇게 해외에서 맺는 인간관계에 대해 회의

적이었던 것은 아니다. 이탈리아에서 벌써 7년째 살고 있지만 처음을 되돌아보면 로마에서 무려 5명의 방글라데시 사람들과 함께 살면서 그들과 함께 손으로 밥을 먹던 순간들, 저녁 늦은 시간이면 팔다 남은 피자를 데워서 가져다주던 윗집 중국인 아주머니, 이탈리아어로 내 이름도 말할 줄 모르던 나에게 매일 아침 한 시간씩 이탈리아어를 가르쳐 주던 회사 동료 등 고마운 사람들도 많이 떠오른다. 하지만 내가 마음을 주었던 사람의 대부분은 떠나는 순간을 스스로 정하고 한 톨 미련도 없다는 듯이 자신의 나라로 또는 각자의 삶으로 돌아갔다. 돌려받지 못한 마음에 괴로워하며 나는 늘 혼자 아팠다.

　나이가 들수록 사회에서 맺는 관계는 어디서든 어렵지만 내가 태어나고 자란 나라도 아니고 이미 형성된 관계 속에 파고드는 것도 또는 같은 민족이라 할지라도 서로의 욕구가 다른 주체들이 만나 서로 다른 욕구를 갈망하는 사회에서도 필요에 의해 단발적으로 이루어지는 지속적인 갈증과 관계에 점점 지쳐갔던 것 같다. 비슷한 나이 또래에 해외에서 살고 있다는 같은 공감대를 가진 사람들과의 인연은 서로가 불안정한 상태였기 때문에 지속되기가 힘들었고 같은 직업군의 사람들은 한정된 먹이사슬 안에서 시기와 질투를 하지 않는 관계가 형성될 수 없었기 때문에 힘들었고, 현지인들과는 언어적 소통이 불가능해 힘들었다. 물론 마음이 잘 통해서 오래도록 관계를 유지하고 싶은 사람들도 있었지만 최근에는 코로나 상황으로 다시 흩어졌고 곧 만나자는 말만 반복하고 있다.

　짧게 지속되는 아픈 관계가 반복되면 이방인들은 각자가 알게 모르게 관계에 있어서 얇은 유리 벽을 가진 존재가 된다. 오프라인뿐만 아니라 온라인에서도 여러 관계들이 오고 갔는데, 지속될 줄 알았던 많은 인연이 쉽게 왔다가 쉽게 스쳐 떠나갔다. 가장 크게 마음을 주었고 아팠던 사람은 나와 비슷한 나이에 한국인 남편을 따라 이탈리아에서 살게 된 친구였다. 누구보다 의지했고 내 모든 것을 털어놓았다. 맛집, 체류, 비자 내가 알고 있는 모든 것을 알려주었지만 그녀는 내가 이곳에서 살면서 힘겹게 얻은 정보만 취했고 내 효용가치가 떨어지자 다른 관계들처럼 훌쩍 떠나버렸다. 어쩌면 나도 이렇게 누군가에게 효용가치를 따져가며 상처를 주지 않았을까 생각해보게 되었다. 그럴 때마다 스쳐 지나갈 인연이면 다가오지 말라고 이야기 하고 싶었지만 그럴 수는 없는 노릇이었다. 이제는 관계가 지속되는 것에 대한 일말의 기대도 없어졌다는 현실이 마치 내가 냉혈 인간이 된 것처럼 느껴지기도 했지만 관계를 단념하자 온전히 나에게만 집중할 수 있는 한 뼘 정도의 여유가 생겨났다. 그리고 나처럼 관계 맺기를 어려워했던 남편과는 더할 나위 없이 절친한 친구 사이가 되었다.

결국 모든 이해관계를 떠나서 내 옆에 남은 사람은 남편이라
는 존재뿐이었다. 여전히 남편과의 관계도 어려워 애를 먹지만
서로에게 조금씩 생채기를 내면서 우리의 관계는 더욱 단단해질
뿐 효용가치를 따져가며 계산하거나 멀어질 것을 두려워하지 않
아도 된다.

# 애연가와 강아지가
# 살기 좋은 나라

버스를 탔다. 강아지가 짖는데 아무도 눈치를 주지 않는다. 슈퍼마켓에 갔다. 내 몸집만한 강아지가 입마개도 하지 않았는데 아무도 신경을 쓰지 않는다. 동네 공원에 가면 신나게 뛰어노는 아이들만큼 산책 나온 강아지들도 마음껏 자유를 만끽하면서 배설을 한다. 강아지의 배변을 잘 치우는 주인도 많지만 산책길 바닥에 온전히 신경을 곤두세우지 않으면 개똥을 밟기 일쑤다.

나는 강아지 산책의 가장 큰 이유가 배변 활동을 위함인 줄 꿈에도 몰랐다. 공공장소에 대형견을 입마개 없이 데리고 다녀도 눈치를 주는 사람도, 놀라는 사람도 없다. 이탈리아 사람들의 반려견을 대하는 태도가 정말 생경하게 느껴졌다. 물론 요즘은 한국에서도 반려견을 키우는 사람들이 늘어나면서 인식이 점차 변하고 있지만 반박할 수 없게도 우리는 식용견을 키우던 민족이고, 공공장소에 입마개 없이 강아지를 데리고 다니는 일은 상상할 수도 없는 일이므로 애견인이라면 유럽에서의 삶을 충분히 동경할 법도 하다.

내 친구 베로니카(Veronica)는 '라무(Ramu)'라는 이름의 강아지를 키운다. 그 친구와 맨부커상을 수상한 한강 작가의 『채식주의자』라는 책을 이탈리아어로 번역된 것으로 함께 읽었는데, 키우던 강아지를 먹는 장면에서 괜히 움찔했던 기억이 있다. 베로니카는 과연 그 장면을 어떻게 받아들였을까? '한국은 개를 먹는 나라'라는 선입견이 생기지 않을까 걱정도 되었지만 그저 작품으로 받아들여 주기를 바랄 뿐, 나에게도 그녀에게도 괜한 상처가 될까 싶어 구태여 그 감정을 묻지 않았다. 사실 한동안은 그 이야기가 나올까 봐 베로니카를 만나는 일이 꺼려지기도 했다.

이탈리아는 강아지만큼이나 흡연자들도 살기 좋은 나라인데, 천장이 뚫려 있는 곳이라면 기차역이나 지하철이라도 담배를 피울 수 있는 자유가 있다. 심지어 호텔 발코니에도 재떨이가 비치되어 있는 경우가 허다하다. 흡연이 가능한 호텔만 찾아다니는 사람들이 있을 정도로 이탈리아는 흡연자에게 관대한 편이다. 우

리나라는 흡연자의 권리보다 흡연으로 인해 피해를 보는 사람들의 권리가 우선시되는 문화이다 보니 아무리 야외라도 흡연이 허가된 장소에서만 담배를 피워야 하고, 그렇지 않으면 흡연자들이 눈치를 많이 보는 게 사실이다. 유럽은 카페테리아의 야외 테라스에서, 길을 걷다가도 다른 사람을 개의치 않고 담배 연기를 뿜어 대는데 손사래를 치거나 인상을 찌푸리는 사람은 없다. 한국에서 여성 흡연자들은 주변의 눈치를 봐야 하는 암묵적인 분위기 속에 있지만, 왠지 이탈리아에서 자유롭게 담배를 피우는 여성들의 모습은 멋있어 보이기까지 한다.

　모르긴 몰라도 애연가인 우리 아버지가 이탈리아에 오시면 가장 행복해하실 것 같다. 아버지는 우스갯소리로 비행기를 타면 담배를 못 피우지 않느냐며 이탈리아에 한번 오시라고 할 때마다 강하게 손사래를 치셨다. 비행기 13시간만 참으면 애연가의 천국이 바로 이탈리아인데 말이다. 내 기억에 아버지는 내가 아주 어렸을 때부터 담배를 많이 피우셨다. 아버지가 시키는 담배 심부름이 그렇게 싫었고, 담배를 피우는 아버지가 싫어서 몰래 담배를 버리기도 했다. 절대 담배 피우는 남자는 만나지 않겠다고 다짐했는데 다행히 그런 남편을 만나 살고 있다.

　절대 못 끊으시겠다던 그 좋아하던 담배를 피우실 때마다 나는 매번 그렇게도 잔소리를 해댔다. 당신도 얼마나 담배가 끊고 싶으셨을까. 아마 가장 간절했던 사람이 당신 자신이었을 것이다. 어머니가 아프시고 나서는 짧은 기간이었지만 담배를 끊으려고 노력하셨다는 아버지의 말씀에서 담배 연기만큼이나 짙은 후회가 묻어났다. 다음 생신 때는 아버지께 애연가의 나라 이탈리아 여행을 선물해 드려야겠다.

chapter 02

# 무조건
# 살아남아야 한다

*Venice*

팬데믹이 불러온 새로운 기회와 희망

2020년 1월, 갑자기 감염된 구슬 하나가 전속력으로 굴러왔고 연쇄반응처럼 순식간에 전 세계를 감염시켰다. 2월 24일 월셋집 계약을 하던 날, 이탈리아에서 확인된 감염자는 231명이었다. 우리 집주인이 될 사람에게 전염병이 두렵지 않냐고 물었더니 인류 역사상 전염의 시대는 늘 있어 왔고 자신은 전염이 되는 것보다 다가올 경제적 타격이 더 걱정된다고 했다. 역시 사업가다웠다. 그는 이미 장기화가 될 것을 꿰뚫어 보고 사업성이 없는 업장과 집들을 미리 처분했다. 그중에는 몇 개월밖에 살지 않은 우리 집도 포함되어 있었다. 우리가 금전적으로 여유만 있었다면 이 집을 사겠노라고 덥석 말했겠지만 당장 한 달 뒤를 걱정해야 하는 우리에게는 그림의 떡이었다. 집주인처럼 미리 대비를 했거나 축적해둔 재산이 있는 사람들은 조금 더 버틸 여유가 있었지만 대부분의 사람은 직격탄을 맞았다. 그의 말처럼 많은 사람들이 직업을 잃었고, 1년이 지난 지금까지도 경제적 어려움에서 벗어나지 못하고 있다.

하나의 구슬에서 시작된 감염은 3월이 되면서 급격히 확산되었고 아니나 다를까 3월 12일 이탈리아는 국가 비상사태를 선포하고 봉쇄라는 초강수를 두었다. 그렇게 우리는 아무런 예고도 준비도 없이 락다운과 전염의 시대를 맞이했다. 매일 아침 바에서 커피를 마시던 자유를 잃었고, 슈퍼에는 생필품이 동났고, 쉴새 없이 울리는 사이렌 소리가 공포에 떨게 만들었다. 사랑하는 가족들을 만날 수 없게 되었고, 심지어 누군가는 코로나로 가족을 잃었다. 그들 앞에서 평범한 일상을 빼앗겼다고 직업을 잃었다고 신세 한탄을 하기에는 내가 너무 철이 없는 것처럼 느껴졌지만 우리에게도 먹고사는 문제는 중요했다. 여행업에 종사하던 남편이 백수가 되어 매달 나가는 가장 큰 고정비용인 월세 100만 원에 대한 부담이 목 끝까지 차올랐다. 먹고 입는 것은 허리띠를 졸라매면 되지만 월세는 매달 꼬박꼬박 나갔다. 언제 이 상황이 끝날지 불확실했고, 한국으로 돌아간다 해도 뚜렷한 대안이 없다는 것을 안다.

우리는 이곳에서 어떻게든 살아남기 위해 그동안 준비해왔던 수입의 파이프라인을 구체화시키기 시작했다. 우리에게는 남편과 취미생활을 공유하기 위해 시작했던 유튜브 채널과 블로그가 있다. 이제 막 수입이 나기 시작했지만 모두 합해봐야 한 달에 10만 원도 안되는 금액이었다. 그러나 지금 당장 수입을 낼 수 있는 유일한 수단이었기 때문에 그 채널들을 성장시켜 보기로 한 것이다. 그동안은 무분별하게 공유해왔던 이탈리아 여행에 대한 정보를 보는 사람들이 쉽게 느낄 수 있도록 가공하여 영상과 글이라는 콘텐츠로 발행하고 그것이 지속되자 상승세를 탔다. 그 기세에 힘입어 매일 유튜브 라이브 스트리밍을 하면서 구독자분들과 소통하기 시작했다. 도움이 되는 양질의 콘텐츠를 공유하고 소통이 이뤄지자 매달 월세 정도는 충당할 수 있을 만큼의 자금이 마련되면서 숨통이 트이게 되었다.

유형의 물건이 아니라 가지고 있는 지식 콘텐츠의 공유와 이탈리아라는 무대가 수입이 되기 시작하면서 우리는 랜선 여행을 기획했다. 반응은 폭발적이었다. 여행을 계획할 수 없지만 여행이 그리운 사람들과 여행 콘텐츠가 필요한 우리의 수요가 충족되었고, 랜선 여행이 어느 정도는 실제 여행의 대안으로 자리 잡아 가면서 우리의 유튜브 채널도 점점 더 성장해나갔다. 그러나 여행의 대안으로 시작했던 랜선 여행을 1년이 지난 지금까지도 지속하게 될 줄은 정말 몰랐다. 아직도 현실 여행은 까마득하고 심지어 우리는 다시 한번 이곳에서 봉쇄를 맞이했다. 여행은커녕 평범한 일상은 언제쯤 되찾을 수 있을지 아무도 답을 줄 수 없다. 다만, 수입이 없는 상황에서 무작정 버티기만 할 수는 없다는 사실만 유효할 뿐이다. 이제는 처음에 느꼈던 공포라는 일시적 자각은 사라져 버린 것 같다. 아무런 변화 없이 이 불안이 흘러가도록 내버려 두지 않을 것이다.

# 이동 제한령이
# 발표되던 날

우리가 한창 월셋집을 찾아 헤매던
2월 초, 사태가 심상치 않음을 직감하고 마스크를 겨우 구해서 쓰
고 다녔을 때 사람들의 눈빛이 잊혀지지 않는다. 마치 마스크를
쓰는 내가 바이러스 또는 혐오의 대상이 된 것처럼 느껴질 정도
였다. 거리에는 아시아인 몇몇을 제외하고는 아무도 마스크 착용
을 하지 않는 상태였지만 나는 상황이 심각해질 것임을 중국인
들의 마스크 사재기를 보고 미리 짐작할 수 있었다. 2월 중순이
되자 인터넷 사이트나 약국에서는 마스크를 한 장도 구할 수가
없었고, 철물점에서 판매히는 방진 마스크라도 구하려고 사람들
은 혈안이 되기 시작했다. 유럽은 마스크를 쓰는 문화가 아니기

도 하지만 아무렇지 않게 지나갈 감기쯤으로 생각했던 것 같다. 한국 뉴스에서 유럽 사람들은 왜 마스크를 쓰지 않냐고 떠들었지만 아무리 날뛰어도 이제는 도무지 마스크를 구할 방법이 없다.

예정되어 있던 남편의 일이 모두 취소되면서 심각성을 조금은 느꼈지만 우리는 계약이 곧 만료될 집을 비워야 했기 때문에 새로운 월셋집을 구하느라 코로나를 실감하지 못했다. 이대로 길바닥에 나앉을 수는 없었고, 집 계약을 마무리하고 나서야 비로소 코로나의 위기가 살갗으로 다가오기 시작했다. 집을 구하는 동안 우리는 외출을 할 수밖에 없었다.

우리가 대단한 유튜버는 아니지만, 최대한 현지의 상황들을 영상으로 찍어 유튜브에 업로드하기로 했다. 이탈리아의 봉쇄 결정과 맞물려 우리의 영상이 갑자기 조회수 몇 만을 찍으면서 한국의 언론들로부터 인터뷰 요청이 쇄도하기 시작했다. 하지만 현지에 있는 우리는 생각보다 평온한데 너무나 자극적인 뉴스들만 내보내는 언론들 때문에 가족들의 걱정이 이만저만이 아닌 부작용을 낳고 말았다. 가족들은 걱정이 되는 눈치였지만 쉬이 돌아오라는 말을 꺼내지는 못했다. 상황이 급격히 나빠져서 3월 초부터는 이탈리아에서 확진자가 많이 발생하는 일부 지역을 레드존 (Zona Rossa)으로 지정해 지역 간의 이동을 막기 시작했다. 그래도 상황이 좋아지지 않자 그다음 주에는 도시 간의 이동을 막더니 3월 11일 저녁, 이탈리아 총리의 갑작스러운 발표로 특별한 사유가 없이는 집 밖으로 한 발짝도 나갈 수가 없게 되었다. '봉쇄'라는 초강수를 둔 것이다. 불가피한 상황일 경우에만 자술서를 작성하여 외출할 수 있었다. 식재료를 구매하러 슈퍼에 갈 때도 예외 없이 자술서를 지참해야만 하는 극단적인 상황이 아무 예고도 없이 갑자기 다가온 것이다. 전국 봉쇄령이 떨어지던 날 식료품점과 주유소를 비롯한 국가가 지정한 필수 업종 외에는 모든 가게가 문을 닫고 회사는 대부분 재택근무로 전환되었으며 학교는 당연히 온라인 수업으로 대체되었다. 나도 당시 다니고 있던 어학원과 재봉틀 수업이 모두 취소되었고, 가까운 약속들은 언제가 될지 모를 다음을 기약 할 수밖에 없었다. 모두가 혼란스러워했고, 얘기치 못한 공백기에 놓였다. 집 밖은 하루 종일 사이렌 소리가 울려 집 안에서도 바깥의 상황을 짐작할 수 있었다. 사이렌 소리는 공포였고, 뉴스에서는 연일 "이탈리아는 세계 최대 코로나 확진자 발생, 세계 최대 사망자 발생" 소식으로 떠들썩했지만 집 밖으로 한 발짝도 나갈 수 없는 우리 집은 평온하기 그지없었다. 확진자 숫자는 2천 명대로 치솟았고, 언제까지 집 안에만 갇혀 있어야 할지는 알 수 없지만 상황이 장기화될 것이라는 것은 우리 모두 짐작할 수 있었다.

하늘길이 막히기 시작하자 한국인들의 커뮤니티에는 급하게

귀국한다는 메시지가 올라왔다.

　우리는 겨우 2월 말에 새로운 월셋집을 구한 터라 한국으로 돌아가는 것을 염두에 두지 않았지만 솔직히 두렵기는 했다. 갈 수 있는데 못 가는 것과 하늘길이 막혀서 가지 못하는 것은 전혀 다른 심리적 압박으로 다가왔기 때문이다. 무엇보다 만약 이곳에서 감염된다면 누가 우리를 지켜줄 수 있을지가 가장 걱정되었다. 자국민조차도 감당을 못하고 있는데 말이다. 일어나지도 않은 수많은 걱정 속에 휩싸여 하루하루를 버티며 결국 우리를 지킬 사람은 우리 자신밖에 없었다는 것을 깨달았다. 최대한 몸을 사리며 안전하게 이 시기를 버텨야겠다는 생각밖에 없었고, 장기전을 대비해 식료품을 비롯한 생필품을 사 모으기 시작했다. 물 100병, 휴지, 세제, 쌀, 파스타, 오래 두고 먹을 수 있는 통조림 등 마치 전쟁을 준비하는 것처럼 쌓아두었다. 다른 사람들 역시 크게 티를 내지는 않았지만 두려운 마음에서인지 평소보다 많은 양의 식재료와 생필품을 구매하는 눈치였다. 그러나 마침 똑 떨어진 간장과 라면을 구할 수 없어서 두 달을 고생하게 될 줄은 꿈에도 몰랐다.

고장 난 초인종은 언제쯤 고칠 수 있을지, 급하게 이사 오면서 이전 집 인터넷을 아직 해지하지 못했는데 요금은 또 얼마나 초과되어 나올지 알 수 없었다. 인터넷 해지를 하려면 전화 예약 후 설치 기사가 와이파이 기계를 가지고 가면 우체국에 가서 등기 서류를 보내야만 가능하다. 평소에도 이렇게 어려운 일인데 봉쇄 이후에는 모든 대면 업무를 할 수 없게 되었으니 그 값은 고스란히 우리가 치르게 되었다. 하필이면 이런 시기에 이사를 하게 되었다고 불평도 했지만 새로 찾은 집은 가히 코로나에 최적화된 집이었기에 조금은 위안이 되었다. 식량과 생필품을 쌓아둘 창고가 있고, 에너지 효율이 좋아 하루종일 집 안에 갇혀 있어도 전기세, 가스비가 거의 나오지 않고, 집 120m 앞에 슈퍼마켓이 있고 무엇보다 햇볕을 쬘 수 있는 넓은 발코니가 두 개나 있다.

이런 상황을 기뻐하게 된 현실이 어이없지만 우리의 헛헛한 마음과는 달리 기가 막히게 3월의 날씨는 좋다. 여행은 고사하고 빨리 이 상황이 끝나고 남이 내려주는 꼬수운 커피나 한잔 마셨으면 소원이 없겠다는 실없는 생각을 했다.

# 우리는
# 이탈리아에 남기로 했다

이 상황을 우리 힘으로 해결할 수 없
다면 하루라도 빨리 긍정적인 방향으로 전환하는 것이 정신 건
강에 좋겠다는 결론에 이르렀다. 2월 중순, 대한민국 그것도 경
상북도 청도에 코로나가 대유행했을 때 특히 나는 패닉 상태였
다. 부모님이 퇴직 후 청도에 터를 잡으셨기 때문이다. 정말 믿기
힘든 뉴스들 속에서 부모님 걱정도 앞섰지만, 현실적으로는 우리
월셋집 계약 만료가 더 걱정이었다. 계약 연장을 해서 오랫동안
살고 싶었던 마음에 드는 집이었는데 집주인의 개인적인 사정으
로 올 초부터 열심히 월셋집 구하기에 몰두하고 있던 참이었다.
그렇지 않아도 외국인에게는 쉽지 않은 이사인데 중국의 코로나

바이러스 소식까지 겹치는 바람에 아시아인인 우리는 월셋집 구하기가 훨씬 어려워지고 말았다. 여러 중개업자에게 보기 좋게 퇴짜를 당하고, 부동산 사기까지 겪다 보니 코로나보다도 이사가 현실적으로 더 걱정되었다.

다행히 마음에 드는 집과 집주인을 만나 계약을 완료하고 이사를 할 수 있게 되었다. 하지만 이사만 한다고 끝나는 게 아닌 터라 이탈리아의 여러 행정 절차들을 차례대로 처리해야 했다. 주소지 이전, 새집의 전기, 가스, 인터넷 신청, 필요한 여러 물건을 채우고 나니 3월 11일 늦은 밤 전국 봉쇄령이 내려졌다. 3월 12일을 기점으로 집 밖으로 한 발짝도 나갈 수 없게 된 것이다. 심지어 생필품을 사러 슈퍼마켓에 갈 때도 개인의 신상정보와 목적을 기재한 자술서를 지참해야만 하고, 간격 1m를 유지해야 하기 때문에 여기저기서 줄을 서는 풍경이 펼쳐지기도 한다. 반려견 산책을 시킬 때조차도 집 밖으로 200m 이상을 나가지 말라는 등의 강경한 정책을 매일 내놓고 있다. 락다운을 마주하고 보니 현실적으로 가장 큰 어려움은 식료품을 구하는 일이었다. 배달도 쉽지 않은데다가 생필품은 미리 구비해 두면 되지만 신선식품은 못해도 일주일에 2번은 사야 했다. 거리 두기 때문에 고작 120m 앞에 있는 슈퍼마켓에서 장을 보는 데 족히 2시간은 걸렸다. 매번 이 전쟁을 치를 수는 없어서 어쩔 수 없이 매주 목요일 딱 하루만 장을 보는 날로 정했다. 그마저도 한 가정당 한 명씩만 장을 볼 수 있었기 때문에 장보기는 늘 남편의 몫이었다. 양손이 떨어져라 사고 또 샀다. 그것도 대용량으로만. 맛이 중요한 것이 아니라 생존이 중요해져 버렸다.

먹을거리가 충족되고 나니 하루종일 집에서 시간을 보내는 일이 걱정이었다. 넷플릭스를 보고, 이탈리아어 공부를 하고, 봉쇄 일기를 썼다. 그리고 오후 6시가 되면 TV 앞에 앉아서 그날의 확진자 숫자를 확인하고 뒤숭숭한 마음으로 파스타를 먹었다. 라면 하나 끓여 먹거나 치맥이라도 먹어야 하는데 그 낙마저도 없고, 매일 파스타에 곁들여 와인을 한 잔씩 하다 보니 봉쇄 기간 동안 느는 건 술뿐이었다. 언제 끝날지 모를 시간을 터무니없이 흘려보내지 않으리라 다짐했지만 나는 도무지 무엇을 해야 할지 알 수 없었다. 일상의 리듬은 깨졌고, 밖에서 커피 한 잔 마실 여유조차 박탈당했다.

날씨는 야속할 만큼 화창한데 집 밖을 못 나가니 언젠가부터 사람들은 발코니에 나와 식사를 하는 것도 모자라 서로의 안부를 묻고 다 같이 희망의 노래를 부른다. 이 시국에도 참 긍정적인 이탈리아 사람들이다. 우리 동네만 매일 시끌벅적한 것은 아닌지 뉴스나 신문에도 종종 발코니에서 이야기 나누는 사람들의 기사가 실리기도 했는데, 밀라노의 어느 도시에서는 옆집 처녀 총각

이 매일 발코니에 나와서 이야기를 나누다 사랑에 빠져 커플이 되었다고도 전했다. 어떤 날은 플래시몹처럼 모두 발코니에 모여서 같은 시간에 의료진들을 위한 박수를 치고, 또 어떤 날은 코로나 바이러스로 목숨을 잃은 사람들을 위한 묵념도 했다. 그러다 또 언제부터인지 저녁 6시만 되면 모두가 발코니에 나와서 다 같이 노래를 부르기 시작했는데, 점점 규모가 커지더니 페이스북을 비롯한 동네의 온라인 커뮤니티에 매일 함께 부를 노래 리스트가 올라오면서 더욱더 사람들이 진지해지기 시작했다. 냄비가 나오고 스피커가 나오기 시작하더니 다룰 줄 아는 악기를 모두 하나씩 가지고 나와서 마치 오케스트라를 연상케 했다가 늘 마지막에는 이탈리아의 애국가를 부르고는 홀연히 사라졌다. 매일 하는 일이라 대수롭지 않게 미련도 없이 사라졌다가 늘 같은 시간에 나타나는 사람들을 보면서 웃음이 나기도 했지만 애국가를 부를 땐 나도 모르게 가슴이 뜨거워져 눈물이 그렁그렁 맺혔다. 이탈리아 애국가를 들으며 가슴이 뜨거워지다니…. 절절한 애국심이 끓어오르는 나도 아닌데 이탈리아에서 이런 감정을 느끼게 될 줄 몰랐고 그때의 감정을 함께 공유한 이탈리아 사람들에게 동지애마저 느끼게 되었다. 그 상황과 그 감정을 함께 나눈 동네 사람들에게 진심으로 감사의 인사를 전한다.

새로 이사 온 집 앞마당에는 누군가가 집토끼를 풀어놓고 키우는데 매일 아침 눈을 뜨자마자 그 작은 생명체의 존재를 확인하는 것만으로도 요즘은 큰 위안이 된다. 이럴 줄 알았으면 예쁜 꽃 화분이라도 몇 개 들여놓을 걸 후회를 했다. 꺼져가는 생명들 속에서 살아있는 생명체에 위로를 얻고 싶었다. 그나저나 불과 몇 주전 까지만 해도 청도에 계신 부모님을 걱정하던 내가 지금은 반대로 걱정의 대상이 되고 말았다!

우리의 조국은 대한민국이지만 터전은 이탈리아다. 이곳 이탈리아에서 살 집을 구하느라 우리는 조국으로 돌아갈 생각을 하지 않았다. 타이밍을 놓친 것도 아니고 아예 염두에 두지 않은 것이다. 그사이 뜨거운 감자로 떠오른 이탈리아 교민 전세기 귀국 문제로 다시 한번 우리는 '남을 것인가, 돌아갈 것인가'를 심각하게 고민해야 했지만 우리는 이탈리아에 남기로 했다.

비록 월셋집이지만 고생해서 얻은 따뜻한 우리 집이 있고, 든든히 사둔 생필품과 먹을 것이 있으니 버텨보자 마음 먹은 것이다. 그나마 다른 유럽 국가들에 비해 이탈리아가 '락다운'이라는 초강수를 두고 검사 수를 늘리는 등의 조치를 적극적으로 취하면서 심각성을 깨닫고 발 빠르게 잘 대처하고 있는 것 같아 이 나라를 한번 믿어 보기로 한 것이다. 전 세계를 휩쓴 전염병의 시대에, 그것도 사지에 내몰린 이탈리아에 우리가 남기로 결정했다는 것은 이탈리아가 그저 돈벌이의 수단이 아니라 진정한 삶의 터전이 되었다는 것을 암묵적으로 확신하게 된 계기가 되었다.

이탈리아의 상황은 마치 언제 끝날지 알 수 없는 한 편의 재난 영화를 연상케 했다. 진짜 영화라면 좋겠지만 실제로 하루에 수백 명이 목숨을 잃고, 수많은 가족이 예고 없이 영원한 이별을 맞이한다. 나는 지금, 그저 조금 불편할 뿐이지만 이 사태로 가족을 잃은 사람들은 평생 코로나의 시대를 원망하며 살아갈 것이다. 상황이 좋아지고 나서도 괜한 화살이 아시아인인 우리에게 돌아오지 않을까 하는… 굳이 하지 않아도 될 걱정을 미리 하고 있다.

우리는 매일 오후 6시, 이탈리아 정부가 발표하는 확진자 현황을 기다리고 함께 노래하며 살아가고 있다. 매일 점점 더 심각해지는 상황을 겪으며 공포와 불안을 넘어 이제는 체념으로 대응하고 있는지도 모르겠다. 세상에는 여전히 사건 사고들이 일어나고 중요한 소식이 전해지지만 이제 그것들은 전혀 중요치 않게 되었다. '전염을 막을 수는 없을까, 끝나기는 할까' 많은 생각이 스치지만 우리가 할 수 있는 일은 집 안에 가만히 안전하게 머무는 일, 매일매일 "신이시여! 인간의 상처들이 전염병처럼 돌고 돌아 나에게 닿아도 개의치 않을 의연함을 주세요!"라고 기도하는 것밖에 없다.

# 전염병 이후의
# 삶

코로나 창궐 이후 내 돈 주고 이탈리아 신문을 정기구독하고, 이탈리아 뉴스를 챙겨보게 되었다. 이탈리아 총리에 대한 여론에 대해서 자세히 알 수는 없지만 짧은 기간 동안 내가 지켜본 바에 의하면 힘든 상황 속에서도 이탈리아 사람다운 특유의 유머와 여유로움을 잃지 않으며 공식적인 자리에서 자신의 감정이나 표정을 격하게 드러내지 않는다는 점이 참 마음에 들었다. 무엇보다 국가의 경제위기 상황에서도 국민의 안전이 최우선이라며 전염병에서만큼은 보수적인 입장을 취한 것도 참 고맙게 느껴졌다. 비록 초기 대응 실패로 이탈리아의 감염자가 전 세계 1위까지 폭발적으로 증가하긴 했지만, 이번 사태로 인해 최소한 내가 살고 있는 이탈리아라는 나라의 정부를 신뢰하는 계기는 되었다.

봉쇄 이후 슈퍼마켓에서도 제법 쉽게 마스크를 구매할 수 있게 되었고, 정부에서 마스크 가격도 50센트(800원)로 안정시켜 주었다. 뿐만 아니라 각 가정마다 마스크를 4장씩 나눠주기도 했다. 별것 아닌 듯하지만 누군가에게 보살핌을 받고 있다는 느낌과 동시에 소속감이 느껴졌다. 다행히 우리 부부는 전염병 소식이 들리고 이탈리아 내에서도 중국 사람들이 마스크를 대량 구매하는 모습을 보면서 2월부터 일찌감치 마스크는 구매해 둔 참이었다. 항상 느끼는 거지만 중국 사람들은 현지 사회에 잘 파고들고 위기 상황에 대한 대처 능력과 정보력이 뛰어난 것 같다. 물론 현지에서 중국 커뮤니티에 대한 여론은 좋지 않지만 어쩔 수 없이 중국 자본과 힘을 빌려 공존할 수밖에 없는 것이 현실이기 때문에 여러모로 중국어를 배워두길 참 잘했다는 생각이 들었다.

5월 4일부터는 바(Bar)에서 커피나 빵을 테이크 아웃만 할 수 있었고, 18일부터는 좌석 간의 거리를 1m로 유지하면서 실내 영업도 가능해지며, 레스토랑을 비롯해 미용실 등 대부분의 도소매 영업이 가능해진다고 했다. 남편을 비롯한 이탈리아 사람들 대부분은 일단 미용실에 가는 것이 가장 시급해 보인다. 1단계 봉쇄 완화가 되자 우리가 가장 먼저 한 일은 꽃을 심는 일 그리고 카푸치노와 빵을 먹는 것이었다. 나는 사실 빵을 좋아하는 편은 아니지만 두 달 만에 만나는 브리오쉐와 꼬수운 카푸치노가 얼마나 반갑던지…. 빵 두 개를 한입에 욱여넣다시피 했다. 남이 내려준 커피와 브리오쉐 두 개로 잃어버렸던 두 달을 보상받는 기분이었고 우습지만 사실은 너무 벅찼다. 영업장들의 좌석 수는 줄어들고 두 달이 넘도록 일을 못했지만 직원들의 얼굴에는 미소가 가득했다. 거의 두 달 동안 남편만 장을 보러 갔으니 나는 얼마만에 밟아보는 땅의 느낌이던가! 걷기가 어색할 지경이라 자전거를 타고 동네 한 바퀴를 돌았다. 대중교통의 붐비는 현상을 막기 위해 마침 곳곳에 공유 자전거가 배치되어 있었다. 참 스마트한 이탈리아로 한 발짝 다가서고 있구나 싶었다.

봉쇄 완화 이후 사람들은 기다렸다는 듯이 밖으로 쏟아져 나왔다. 당연히 국가의 총리는 긴장의 끈을 놓지 말아야 하며 확진자 수치가 높아지면 다시 봉쇄 조치를 시행할 수밖에 없다고 경고했다. 지금의 수치상으로는 사실 미래에 대한 긍정도 부정도 할 수 없으므로 스스로가 조심하는 수밖에 없지만 많은 사람이 두 달 만에 자유를 만끽하며 마스크로도 감출 수 없는 웃음을 드러내는 현실이 기쁘기보다 안쓰러울 지경이었다. 전염병 이후 가장 큰 변화라 하면 배달도 예약도 심지어 카드결제도 보편적이지 않던 아날로그의 대명사 이탈리아가 대부분의 관공서 업무뿐만 아니라 베네치아는 대중교통인 수상버스도 일부 구간, 일부 노선이 예약제로 변경되었고, 미술관과 박물관도 서서히 예약제로 변경되었다는 점이다. 상점들에서도 현금보다 카드결제를 권장하고 있으며, 무엇보다 배달 서비스가 보편화되었다는 점이 눈에 띄는 변화라 할 수 있다.

5월 18일에 베네치아로 가볼 예정이라 수상버스를 어플리케이션으로 예약해 두었고, 남편의 체류 허가증 발급 업무를 위한 관공서도 예약을 해두었다. 정부에서도 "지금까지는 보수적이었다면 매주 적극적인 완화 정책을 펼칠 계획"이라고 밝혔다. 아직 마음껏 여행을 계획할 수 없는 상황이지만 나는 마음만 먹으면 갈 수 있는 곳이 베네치아라는 사실이 왠지 모를 벅찬 책임감으로 다가왔다. 한바탕 모두를 공포로 몰아넣었던 전염병 이후 베네치아는 어떤 모습일까? 사뭇 궁금해졌다.

드디어 두어 달 만에 베네치아로 향하는 버스에 탑승하는 순간, 사람들의 표정에서부터 우리가 지금 겪고 있는 현실이 뉴스가 아니라 실제 일어나고 있는 일이구나 하고 실감이 났다. 그리고 버스 안에 가득 찬 파란색 덴탈 마스크들이 너무 압도적으로 다가와서 아직도 생생하다. 외출은 허용되었지만 그때까지만 해도 하루에 천 명 이상씩 확진자가 발생하던 상황이라 선글라스와 마스크, 장갑으로 완전 무장을 하고 외출을 했는데 아무도 우리를 이상하게 쳐다보지 않았다. 처음과 다르게 모두가 전염병을 인식하고 서로를 경계하고 있다는 것이 이제는 피부로 와닿았다.

베네치아에 도착해서 사람이 한 명도 없는 수상버스를 타고 리알토 다리로 향했다. 보고도 믿기지 않는 현실에 계속해서 휴대폰으로 사진을 찍어 기록으로 남겨두었다. 1년 내내 비수기 없는 놀이동산처럼 관광객으로 붐비던 베네치아가 텅 비어 있었다. 현지인을 상대로 하는 가게들만 드물게 문을 열고 대부분의 상점은 여전히 개점휴업 상태였지만 가게마다 걸려있는 'Siamo Aperti(우리는 열려 있어요)'라는 팻말에 왠지 모르게 눈물이 날 뻔했다. 콧대 높은 수상택시 기사들도 얼마 동안은 수상택시 비용을 절반가량 낮춰서 운행하고, 관광객에게 바가지를 씌우던 식당들도 이제는 엄두를 못 내고 있는 듯 보였다.

두 달여 만에 바에서 와인을 한잔 마셨다. 평범한 일상이 이토록 그리운 일이 될 줄이야. TV에서 봤던 아시아인 혐오가 걱정되었지만 오랜만에 만난 동네 주민들은 서로의 안부를 묻느라 우리를 신경 쓸 겨를이 없어 보인다. 모두가 마스크를 쓰고 팔꿈치 인사를 하고, 멀찌감치 떨어져 안부를 묻는다. 스킨십이 사라져야 살아남을 수 있는 시대가 된 것이다. 봉쇄가 해제되었지만 여전히 사이렌 소리는 시끄럽게 울려댔다. 전염병의 최전선에서 환자들을 돌보는 의료진들은 많이 힘겨울 것이다.

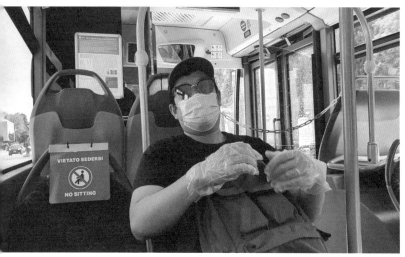

결국에는 우리 스스로를 보호하는 것이 우리 모두를 돕는 길이다. 자유를 얻은 만큼 예상된 위험을 감수하며 모두를 위해 스스로를 지키며 안전하게 이 시기를 잘 버텨내야겠다.

# 온라인의 시대로
# 가다

드디어 동네에 배달되는 피자집이 생겼다. 피자뿐만 아니라 배달 어플에 티라미수, 젤라또 같은 디저트류부터 파스타, 스테이크 등 다양한 메뉴들이 업로드되기 시작했다. 빠르고 편리한 최첨단 배달 시스템에 익숙한 한국인들에게는 "배달이 안 된다는 게 말이 돼?" 싶겠지만, 이탈리아는 지금까지도 대도시를 제외하곤 '배달'이라는 시스템은 없는 것과 마찬가지였다. 슈퍼마켓은 저녁 9시면 문을 닫고, 24시간 편의점도 없는 이탈리아에서 코로나는 배송 시스템의 보편화와 함께 삶의 질을 한층 높여주는 계기가 되었다. 특히나 슈퍼마켓 장보기 배송이 혁신이었는데, 아직 배달을 시켜본 적은 없지만 냉동은 냉동 그대로 얼려서 심지어 원하는 시간에 맞춰 집 앞까지 배달해준 다니 가히 놀라운 발전이 아닐 수 없다. 장은 직접 가서 봐야 직성이 풀리고, 이탈리아 사람들은 아날로그 방식을 선호한다고 믿었지만 편리함과 코로나라는 특수 상황은 이탈리아를 현대 문명화의 길로 한 걸음 앞당겼다. 이렇게 편한 배송 시스템은 점점 확대되었고, 아마존 배송도 거의 하루면 도착하는 경지에 이르렀다.

사람들은 자연스럽게 온라인의 세계로 이끌려갔다. 나도 이탈리아의 느림에 익숙해져서인지 빠르고 정확한 배송에 흠칫 놀랐다. 한국에 갈 때마다 빠르게 변화하는 신문물에 적응하지 못하는 내 모습을 이탈리아에서 마주할 줄이야. 물론 온라인 시스템에 익숙한 젊은 사람들이야 금방 적응하겠지만 온라인 플랫폼을 이용하기 힘든 노인들이나 취약계층은 여전히 그 느린 삶을 불편함 없이 살아내고 있을 것이다. 편리한 것이 무조건 좋은 것도 아니고, 나 역시 온라인에서의 편리함을 누릴 수 있지만 아마존 쇼핑을 제외하고는 이탈리아에서 아직 그 흔한 피자 한 판 주문해 본 적이 없는 걸 보면 이곳의 느린 삶이 주는 불편함을 기꺼이 감수할 마음의 여유가 생겼나 보다.

온라인 배송뿐만 아니라 봉쇄 기간 동안 학교 정규 수업도 모두 온라인으로 대체되었다. 대부분의 학생은 한국처럼 '줌 (Zoom)'이라는 플랫폼을 이용해 수업했고, 나 역시 이탈리아에

서 중학교 과정을 이수하고 있었기 때문에 온라인 플랫폼을 통해 숙제를 업로드하고 졸업 시험을 치렀다. 코로나 시대에 이뤄낸 결과라 뿌듯했지만 시험도, 졸업도 비대면으로 마쳐야 해서 온전히 기뻐할 수는 없었고, 무엇보다 학급 친구들 그리고 그동안 함께 공부했던 선생님들과 제대로 인사도 나누지 못한 채 기약 없이 헤어질 수밖에 없다는 현실이 못내 아쉬웠다. 우리는 2월에 헤어져 7월에 겨우 만나 졸업장을 받는 것으로 아쉬움을 달래야만 했다.

다시는 온라인으로 수업을 듣고, 마침표를 찍는 일은 없었으면 좋겠다고 생각했지만 그해 대부분의 입학식과 졸업식은 온라인으로 대체될 수밖에 없었다. 온라인 시대로의 도래는 기쁘게 받아들일 준비가 되어 있지만 온라인과 비대면으로 사회생활을 시작한 아이들이 안쓰러울 뿐이다. 어쩌면 교실에서 다 함께 모여 수업을 하는 등교의 개념이 사라지지 않을까 아찔한 상상도 해본다. 그나저나 멈춰있고 느려터진 줄만 알았던 이탈리아도 막상 위기가 닥치니 빠르게 변화하고, 적응하고 또 대처하는 모습에 내가 괜한 걱정을 했나 싶어 조금은 안심이 되었다.

코로나 위기로 생각보다 빠르게 맞이한 온라인 세계는 우리 부부에게 '랜선 여행'이라는 새로운 여행의 장르와 수익의 파이프라인도 개척하게 해주었다. 한국에 비해 인터넷 환경이 열악한 이탈리아가 온라인 세계에 접어들면서 인터넷 환경이 많이 개선된 덕분에 '랜선 여행'을 시도할 수 있었던 것이다. 처음엔 이탈리아에서 컴퓨터로 10분 정도 되는 영상을 업로드하는 데 2~3시간이 걸렸다고 하면 상상이 되는가? 코로나 상황 이후 일상생활에서 직접적으로 느껴질 정도로 인터넷 환경이 많이 개선되었다. 머지않아 5G의 시대를 기대해 보는 것도 허황된 꿈은 아닐 것 같다. 여행조차도 랜선으로 할 수밖에 없는 현실이 안타깝지만 코로나라는 특수한 상황이 바꿔놓은 세계는 어쩌면 진짜 위기가 아니라 새로운 문으로 들어갈 열쇠를 쥐여준 기회가 아닌가 싶다. 지금까지 누렸던 평범한 모든 것들을 디지털 세상에서 연습해보자. 그러나 따뜻한 영혼과 진실만큼은 잃지 말고.

# 남편이 백수가 된 지
# 6개월째가 되었다

이탈리아 투어 가이드인 남편이 코로나로 백수가 된 지 6개월째가 되었다. 금전적으로도 마음에도 여유가 없다 보니 서로에게 생채기를 내는 날도 많아졌고, 더 비극적인 것은 올해 유럽 여행은 힘들다는 것이 기정사실화되면서 지금까지의 기간보다 앞으로 더 긴 시간을 백수로 지내야 할지도 모른다는 사실이었다. 남편이 강제 백수가 되고 처음 몇 달은 곧 괜찮아질 거라는 믿음이 있었기 때문에 몇 달만 평생에 없을 휴가라 생각하고 쉬어보자 했지만 이제는 정말 끝을 알 수 없는 장기전이라는 것을 받아들여야만 했다. 우리는 그동안 묶어두었던 (그리 크진 않지만 우리 기준에서는) 목돈인 적금과 주택 청약, 주식 대금을 모두 깨고 수중에 얼마의 돈이 있는지 파악했다. 당장 다음 달 월세 낼 현금이 없으면 너무 불안할 것 같기도 했고, 요즘 아무리 주식 시장이 좋다고 해도 변동성 자산에 쉽게 투자할 여윳돈이나 배포가 없었기 때문에 현금으로 보유하고 있기로 결정한 것이다. 우리의 목표는 단 한 가지였다.

'제발 이 힘든 시기를 부모님이나 금융권에 손 벌리지 않고 끝까지 잘 이겨내는 것!'

나이 서른이 넘어 결혼까지 했는데 부모님께 손 벌리는 자식이 될 수는 없었다. 무슨 일이 있어도 우리끼리 헤쳐나가자고 남편과 약속했다. 목돈을 깨고 나니 앞으로 최소 몇 달은 여행하고 먹고살 자금이 마련되면서 우리는 아이러니하게도 열심히 여행을 계획했다. 한창 세계여행이 붐이었을 때 집 팔아 여행 가는 사람들을 보면서 '도대체 생각이 있는 사람들인가?' 싶었는데 우리가 지금 전 재산으로 여행을 다니고 있는, 딱 그 처지가 되었다. 여행할 돈을 아껴서 몇 달을 더 버티는 것보다도 우리의 미래를 위한 투자라 여기기로 한 것이다. 집도 없고 딸린 자식도 없기 때문에(물론 돈도 없지만) 언제든 떠날 준비가 되어 있는 우리는 계획이 완성되면 바로 떠날 수 있었다.

코로나로 백수가 된 상황에서 우리가 여행을 계획하게 된 이유는 여행이 다시 시작되면 코로나 이후의 새로운 여행에 대한

정보가 필요할 거라는 확신이 있었기 때문이다. 그렇기 때문에 여행을 계획할 수 없는 이 시기가 콘텐츠를 생산하고 제작하기에 적합하다고 생각했다. 다행히 두 달간의 봉쇄를 마치고 여행을 계획할 수 있을 만큼 이탈리아의 상황도 좋아졌다. 장기화되는 코로나의 상황에서 여행이 그리운 많은 사람이 우리 채널을 찾아와 응원해 주었고, 영상으로 그리운 이탈리아를 함께 여행해 주었다.

　감사하게도 그분들 덕분에 여행 비용이 일부 충당되어 점점 버틸 수 있는 기간이 늘어나고 있다. 영상이나 글을 통해 보이는 우리의 모습은 그저 아무 걱정 없이 즐겁게 여행 다니는 것처럼 보일 수 있지만, 그리고 위기를 기회로 극복하고 있는 중이라고 그럴싸하게 포장해 이야기는 하고 있지만, 그 어느 때보다도 두렵다. 앞으로 고정적인 수입 없이 얼마나 더 버틸 수 있을지, 여행업은 다시 시작될 수 있을지, 앞으로의 여행은 어떤 방향으로 흘러갈지, 2차, 3차 확산이 또 이어지지 않을지, 한국에 있는 가족들은 언제쯤 마음 놓고 만나러 갈 수 있을지, 우리 집주인도 경제적으로 힘들어 집을 팔아야 한다고 이야기하는데 우리는 이 시국에 또 어떻게 새로운 집을 구하러 다녀야 할지, 언제까지 여행을 지속할 수 있을지, 무엇보다 앞으로 우리가 여행을 다니지 않아도 구독자들이 우리를 좋아해줄지… 등등 남편이 일을 했을 때

고작 했던 반찬거리 걱정과는 차원이 다른 고민을 하고 있다.

남편을 가끔 백수라고 놀리지만 요즘 남편은 가이드였을 때보다 더 바쁜 일상을 보내고 있고, 그동안 생각지 못했던 다양한 변화와 기회들을 접하고 있다. 개인의 기록을 위해 이탈리아에 온 후 지금까지 꾸준히 쌓아온 글과 영상이라는 콘텐츠가 위기를 맞아 기회가 된 것처럼 콘텐츠와 플랫폼이 귀결된 사회에서 양질의 콘텐츠를 꾸준히 생산하고 내 콘텐츠를 소비하는 사람들과 소통을 한다면 수입이 발생할 수 있다는 것을 깨닫게 되면서 코로나는 앞으로 살아갈 더 긴 시간을 위한 보호장치를 마련하는 기회가 된 것이 아닌가 싶다. 나도 꾸준히 콘텐츠를 소비하는 입장에서 백수가 되고 나서야 콘텐츠가 돈이 된다는 것을 깨달은 것이다. 그러고 보면 코로나는 백세 시대의 백수 준비를 미리할 수 있게 해주었다. 남편을 백수라고 놀리는 나이지만 코로나 이전이나 지금이나 늘 백수인 나는 백세 시대에 과연 무엇을 할 수 있을까? 식상하지만 기록이다.

영상과 글뿐만 아니라 지금 우리가 하고 있는 이 모든 기록이 훗날 우리에게 어떻게 기회로 다가올지는 잘 모르지만 우리의 영역을 확장시키고 우리의 가치를 높이는 행위임에는 분명하다고 믿는다. 그리고 이 기나긴 터널을 지나고 나면 기록하는 사람과 기록하지 않는 사람의 차이는 더 명확히 드러날 것이다. 그러므로 나는 꾸준히 기록하는 삶을 살아야겠다고 다짐했다. 별일이 없는 오늘도 기록할 만한 어떤 날이 된다. 심지어 코로나로 모두가 우울에 빠져 있는 지금 이 순간조차도.

# 유튜버가
# 되다

직장인의 2대 허언이 '퇴사한다, 유튜브 한다'라는 유머 글을 어디선가 본 것 같다. 우리 부부는 오랫동안 각자의 블로그를 통해 이곳에서의 생활을 기록하고 공유해왔지만, 영상 기록은 쉽지 않은 도전이었다. 누구 못지않게 기록하는 것을 좋아하는 우리도 "유튜브를 해야지" 하는 말만 몇 년 동안 되풀이하고 있었으니 말이다.

그러던 어느 날 무언가에 떠밀리듯 휴대폰으로 찍은 짧은 영상 하나를 유튜브에 업로드하게 되었다. 그 이후로도 몇 개의 영상을 더 업로드했지만 편집도 하지 않은 날것 그대로의 영상이었으니 당연히 아무도 봐주지 않았고, 그렇게 6개월을 방치하게 되었다. '유튜브는 내 길이 아닌가 보다, 글쓰기나 열심히 하자' 하며 내려놓으려던 찰나, 내가 그동안 지켜보던 몇몇 유튜버들의 채널이 소위 말하는 인기 유튜버가 되면서 자랑스럽게 수익 공개를 하고 있는 것이 아닌가. '유튜브로 돈을 저렇게 많이 번다고?' 그냥 먹고, 입는 것만 찍어서 올리는 것뿐인데 정말 쉽게 돈을 번다고 생각했다. 이곳에서 생산적인 일을 하고 싶다는 말을 입에 달고 살던 내가 아니었나. 유튜브를 하면 남편보다 돈을 더 많이 벌 수도 있겠구나. 단순한 생각에 다시 카메라를 잡았고, 무료 편집 어플을 이용해서 열심히 영상 업로드를 하기 시작했다.

처음에는 모든 것이 서툴렀다. 평균적으로 영상을 촬영하고, 편집하고 업로드까지 하는데 7~8시간 정도가 소요되는데 조회수는 20~30회밖에 나오지 않고(그중 10번은 내가 본 것 같다.) 수익 창출 조건을 맞추려면 구독자 1천 명에 시청시간 4천 시간을 채워야 했다. 또다시 포기하고 싶은 순간이었다. 일주일에 두 번씩 영상을 업로드했지만 구독자 100명이 되는 데까지 꼬박 3개월이 걸렸다. 내가 안쓰러웠는지 남편이 여행 정보 분야의 콘텐츠 제작을 도와주기 시작하면서 두 달 만에 구독자 1000명을 달성할 수 있게 되었다. 우리 채널의 방향성을 여행 정보로 정하기로 하면서 평소에 여행객들에게서 가장 많이 받던 질문들을 모아 영상으로 제작했고, 물어보시는 손님들에게 블로그 링크 공유가 아니라 유튜브 링크를 공유하기 시작하면서 시청시간도 금방 수익 창출 조건을 충족했다. 그렇게 유튜브 수익을 얻기까지 꼬박 1년이 걸렸다.

수익 창출을 목표로 달려왔지만 유튜버 모두가 그렇게 돈을 많이 버는 것도 아니었고, 유튜버가 쉽게 돈을 버는 것은 더더욱 아니었다. 수익이 생기고 라이브 스트리밍을 시작하기 전까지 한 달에 적게는 1만 원, 많으면 10만 원 정도를 벌었지만 콘텐츠 촬영을 위해서는 많이 움직여야 했기 때문에 무조건 적자였다. 그럼에도 불구하고 우리가 유튜브를 지속할 수밖에 없었던 이유는 유튜브를 제작하는 게 즐거웠기 때문이다. 부부가 콘텐츠를 함께 기획하고 만들면서 싸우기도 많이 했지만 처음으로 가져보는 우리의 공통 취미였고, 우리 채널을 보고 도움을 많이 받았다는 분들을 만나면 뿌듯하기도 했다. 실제로 코로나 상황 이전에는 베네치아를 걸으면 많은 분이 우리를 알아보고 감사의 인사를 전해주기도 했다. 정말이지 신기한 유튜브의 세계였다. 무엇이든 즐거워야 오래 지속할 수 있다.

연예인이나 영향력이 있는 인플루언서가 아닌 이상 구독자 천 명을 모으기는 정말 쉽지 않았다. 그러나 구독자 0에서 천까지가 가장 어렵고 그 이후부터는 양질의 콘텐츠를 생산해 내고 내가 꾸준히 하기만 하면 노하우가 생기고 눈덩이 굴리듯 속도가 빨라져 어느새 구독자 1만을 바라볼 수 있게 되는데 운이 좋아 유튜브의 간택을 받게 된다면 그 속도는 훨씬 더 빨라진다. 그러나 유튜브는 정직하다. 요행을 바라고 욕심을 내는 순간 구독자뿐만 아니라 유튜브 알고리즘은 금방 알아차린다. 우리는 구독자 1만을 달성할 때까지 평균적으로 일주일에 영상을 2~3편씩 업로드했다. 촬영은 함께했지만 주로 영상 편집은 남편의 몫이었기 때문에 남편이 일을 병행하면서 해내고 있었다. 그래도 본인 스스로와의 약속이라 생각하고, 매일 블로그에 일기 쓰기와 일주일에 2~3편씩 정해진 시간에 영상 업로드하기를 어기지 않았다.

어느 정도 수익이 나오면 제대로 된 유튜브 장비도 구비하자 약속했지만 구독자 2만 명을 목전에 둔 지금까지도 우리는 휴대폰 하나로만 촬영을 하고 있는 가성비 최고의 유튜버인 셈이다. 다른 유튜버들이 잘되는 모습을 보고 배 아파하기만 했다면 나는 절대 이 일을 지속하지 못했을 것이다. 내가 포기하고 싶어졌을 때 내 손을 잡아 일으켜준 남편에게 정말 감사하다. 그리고 취미생활로 시작했던 유튜브 채널이 코로나로 직격탄을 맞은 지금 이곳에서의 삶을 지속하는 큰 원동력이 되었고, 본업이 사라진 남편은 전업 유튜버가 되었다.

전업 유튜버가 되어 가장 먼저 한 일은 우리 콘텐츠를 소비하는 사람들, 즉 구독자들과 소통하는 일이었다. 우리가 공유해온 이탈리아 여행에 대한 글과 영상이라는 양질의 콘텐츠가 이미 많은 사람에게 각인되어 압도적인 콘텐츠가 되었지만, 콘텐츠 생산은 결국 소통과 직결되기 때문에 실시간 라이브 스트리밍을 시작하게 된 것이다.

블로그와 유튜브 두 채널이 시너지를 내고 있다는 점을 알아차리게 된 것도 실시간 스트리밍을 하게 되면서부터였다. 남편이 2014년부터 꾸준히 운영해 온 블로그의 오랜 독자들이 유튜브도 열심히 구독해주고 있었던 것이다. 글쓰기와 영상 편집은 다른 영역의 기록이라고 생각했지만 결국에는 같은 카테고리 안에서 우리를 드러내는 일이고, 시너지를 내며 위기 상황에서 우리의 삶을 지탱해주는 힘이 되었다. 오랜 시간 동안 쌓아온 정보들은 그동안 우리를 지켜만 봐주던 사람들에게 자연스럽게 신뢰감을 주었고, 그동안은 묵묵히 지켜만 봐주던 분들이 지금은 수면 위로 떠올라 우리의 소중한 후원자가 되어주기도 했다.

유튜브 라이브 스트리밍은 영상이라는 일방적인 정보전달이 채워주지 못하는 소통이 가능하게 해주었고 소통의 중요성을 깨닫게 되자 매일 저녁 9시에 유튜브 라이브 방송을 진행하기로 결정했다. 우리는 언제 끝날지 모르는 봉쇄의 기간 동안 매일 할 수 있는 일이 생겨서 좋았고, 그때까지만 해도 당장 여름이면 여행이 가능해질 줄 알았기 때문에 라이브에 참여하는 사람들은 이

탈리아 여행 정보를 현지 가이드에게 직접 물어볼 수 있어서 좋았다. 양방향의 소통이 가능해지면서 콘텐츠의 방향을 조정해나갈 힘도 생기게 되었다. 나중에 알았지만 많은 언론사나 다른 여행사 관계자들도 우리의 채널과 스트리밍을 주시하고 있었다고 했다. 3월, 코로나 확진자 최대 국가인 이탈리아는 도대체 지금 어떤 상황인지, 여행은 언제쯤 시작될 수 있을지가 한창 이슈였기 때문이다. 우리는 일주일에 한 번 슈퍼에 가는 것을 제외하고는 매일 집에서 둘이 시간을 보내다 보니 불특정 다수와 온라인으로 마주하는 시간이 재미있어지기 시작했고, 매일 우리를 찾아와 주는 사람들을 위해서 우리가 알고 있는 이탈리아의 현지 상황이나 소도시, 여행 정보, 맛집 등의 정보를 파워포인트로 작성해서 소통하기 시작했다. 우리를 찾아주는 그 시간이 헛되지 않도록 양질의 정보를 꾸준히 공유하다 보니 슈퍼챗이라는 수익이 생겼다. 구독자들이 우리의 정보를 보고 도움이 되었다고 생각하면 후원의 개념으로 일정 금액을 보내주는 것인데, 실시간 스트리밍을 하기 시작하면서 처음으로 유튜브 수익이 한 달 30만 원을 넘겼다. 그 시점이 유튜브를 시작한 지 1년 하고도 6개월이 지나던 때였다. 유튜브 영상을 만들면서 투자했던 시간, 비용 그 본전을 생각하면 일찌감치 멈췄어야 했지만, 꾸준히 이어온 우리가 자랑스러웠고, 그 30만 원이 정말 값지게 느껴졌다. 아무것도 하지 않았다면 절대 손에 쥘 수 없는 돈이었고 실시간 스트리밍이 없었다면 불가능했을 일이다. 불가능에서 가능을 발견하게 해준 유튜브에 정말 고마웠다. 실제로 한 번도 본 적 없는 우리에게 응원을 보내주시고 적지 않은 금액을 후원해주시는 분들에게 감사의 의미로 매일 영상을 편집하는 것만큼 공을 들여 자료를 준비했고, 하루 한 시간을 알차게 보냈는데 그 실시간 스트리밍 덕분에 우리의 봉쇄 기간도 아니, 장기적인 위기 상황 속에서 우리 부부가 삶을 지속할 수 있었다.

매일 저녁 9시, 실시간 스트리밍이 자리 잡으면서 유튜브 이외의 수익 수단들도 점점 확장되기 시작했다. 생각보다 디지털 노마드의 삶이 우리에게 더 빨리 다가올 수도 있겠다 싶었다. 모든 생업이 끊긴 현실에서도 우리는 상황이 좋아질 때까지 이탈리아에서 버티기로 마음먹었다. 언제쯤 일상으로 돌아갈 수 있을지, 여행은 언제쯤 재기될지 아무도 장담할 수는 없지만 무작정 버티기만 할 수도 없기에 유튜브를 통해 지금보다 더 다양한 시도를 해보기로 한다. 이탈리아 사람들의 "안드라 투토 베네(Andrà tutto bene, 모두 잘될 거야)"라는 무한 긍정 사고가 우릴 먹여 살려 주진 않을 것임을 알기에.

# 평생 다이어트 말고,
# 평생 마케팅

코로나의 이후 시대에는 점점 더 마케팅이 강력한 무기가 될 것이다. 나랏일 하는 정치인들도, 검사, 의사 같은 전문직 종사자들도 심지어 연예인들도 유튜브를 통해 자기 마케팅을 스스로 하는 시대다. 누군가 "나는 연예인도 아니고 전문적으로 알려줄 만한 콘텐츠도 없는데 유튜브를 해도 될까?"라고 묻는다면 나는 무조건 "YES!"라고 답하고 싶다. 우리 부부가 갑작스러운 위기 상황을 유튜브라는 플랫폼을 통해 기회로 만든 산증인(이라고 내 입으로 말하긴 그렇지만)이기 때문이다. 아직 오래 살아보지 못했지만 삶에는 늘 알 수 없는 위기가 몸소 느끼기도 전에 코앞으로 다가와 위협하는 경우가 비일비재하다. 위기도 기회도 잘 잡으려면 일단 내가 힘이 있고 봐야 한다. 요즘 세상에 '힘이 있다'는 말은 비단 돈만을 의미하지 않는다. 유명세나 영향력을 뜻하기도 한다. 평범한 사람들이 영향력을 가질 수 있는 길은 유튜브(또는 SNS)라고 생각한다. 남녀노소 누구에게나 인터넷이 되는 환경이기만 하다면 모두에게 기회가 열려있다.

나는 유튜브 전도사다. 만나는 사람마다 유튜브를 하라고 힘주어 이야기한다. 취미생활로 유튜브를 하고 있는 사람도 많고, 유튜브는 이미 레드오션이라 지금 시작하긴 늦었다고 말하는 사람들도 많지만 나는 절대 그렇지 않다고 생각한다. 유튜브는 아직 무궁무진하게 성장할 거고, 유럽여행 그중에서도 이탈리아 여행 카테고리에서만 유튜브를 시작하는 사람이 앞으로 적어도 수백 명, 수천 명은 더 생겨야 전체 파이가 커질 것이다. 그렇게 되면 새로 시작하는 사람들에 비해 미리 선점한 사람들은 눈덩이가 불어나듯 더 빨리 덩치를 키울 수 있다. 해가 갈수록 분명 지금보다 더 많은 사람이 너도나도 유튜브를 시작할 것이다. 그때 가서 "나도 할걸!" 하고 후회할 것인가? 요즘은 내가 가진 휴대폰과 무료 편집 애플리케이션으로 얼마든지 시작할 수 있는 세상이 되었다. 나는 아직도 삼성 스마트폰으로만 영상을 찍어 업로드하고 있다. 장비 탓만 하다가는 평생 누군가의 뒤꽁무니만 쫓아가게 될 가능성이 높다.

모든 일에 실패도 성공도 있겠지만 온라인 시장은 시간을 가지고 오랫동안 꾸준히 하기만 하면 어떻게든 반응은 온다. 우리는 처음 유튜브를 시작하고 1년간은 정말 아무도 우리를 들여다 봐 주지 않아 적잖이 좌절했지만 멈추지 않았다. 주변에 누구 하나 도와줄 사람도 물어볼 사람도 없이 우리 두 사람이서 그저 성실함으로 꾸준히 일궈온 유튜브가 코로나 시대에 빛을 발하게 될 줄 누가 알았겠는가. 구독자, 시청시간만 빨리 늘리는 것에 초점을 두지 않고 진정성 있게 천천히 그 짧지 않던 시간 동안 진정한 우리의 팬들을 만들고 있었던 것이다. 블로그로, 브런치로, 유튜브로 우리를 묵묵히 바라봐주던 사람들이 실시간 스트리밍으로 소통을 하면서 후원을 해주시고, 멤버십으로도 가입을 해주신다. 물론 유튜브를 통한 수익창출도 소비될 만한 콘텐츠가 꾸준히 생산되었을 때 지속될 수 있다는 것쯤은 알고 있다. 위기의 상황에서 팬덤이 형성되자 채널을 지속하는 그리고 궁극적으로 이탈리아에서의 삶을 지속하는 가장 큰 버팀목이 되었다.

요즘 고민은 우리 팬층을 꾸준히 늘리는 것 그리고 우리의 팬을 지키는 것이다. 유튜브 구독과 시청은 자유라 여러 채널을 자유롭게 볼 수 있지만, 진정한 팬이 한번 돌아서면 무서운 안티가 될 수도 있다는 사실을 잘 알고 있기 때문이다. 이탈리아에서 살고 있는 유튜버 중에 우리 '이태리부부'만이 가진 대체할 수 없는 콘텐츠를 꾸준히 공유하면서 이탈자 없이 채널을 확장시켜 나가고 싶다. 무엇보다 우리는 이탈리아에서의 삶을 이어나가고 싶기 때문이다.

앞으로 어떤 시대가 올지 모르겠다. 다만, 누구도 예상치 못한 인종, 연령, 국적을 망라한 전염병으로 인한 비대면 시대의 도래로 온라인 시장이 더욱더 활성화될 것이라는 점은 분명하다. 물론 우리에게는 유튜브가 기회가 되었지만 모두에게나 기회가 될 수는 없다는 것 또한 잘 알고 있다. 반드시 유튜브가 아니라도 온라인의 시대를 맞이하는 우리의 자세는 최소한 SNS를 통한 자기 마케팅은 하고 살아야 한다는 것이다. 백세 시대에 앞으로 어떤 위기와 기회가 닥칠지 모르기 때문이다. 내 남편 이상호 씨는 "평생 다이어트!"를 외치지만 노노!! 나는 평생 자기 어필을 해야 하는 시대라고 생각한다.

# '이태리부부'
## 좌충우돌 굿즈 제작기

　　　　　　그토록 바라던 구독자 1만 명을 달
성했지만 기쁨은 잠시였다. 이제는 2만 명을 목표로 달려야 했다.
연예인도 아닌 지극히 평범한 우리가 코로나를 마주하고 유튜브
시장에 뛰어들면서 팔로워 숫자가 곧 영향력인 시대에 살게 된
것이다. 숫자에 연연하지 말자 했지만 유튜브를 시작한 이상 구
독자 수, 시청시간, 조회 수를 매일 점검하며 연연할 수밖에 없었
다. 목표를 달성하자 구독자 1만 명의 감흥은 금방 시들어졌지만
유튜버의 의욕을 북돋워주기 위함인지 '구글 스토어'와 '멤버십'
이라는 새로운 기능 2가지가 추가되었다. 우리는 '스토어' 기능
을 이용해 굿즈를 제작해 보기로 했다. 굿즈라는 개념이 생소했

을 때는 연예인의 팬덤을 위한 엔터테인먼트의 부가사업이라고
만 생각했지만 요즘은 우리처럼 콘텐츠를 제작하는 사람뿐만 아
니라 인플루언서나 브랜드들도 각자의 개성을 담은 굿즈를 다양
하게 판매하고 있고 내가 생각지도 못했던 규모의 굿즈 시장이
형성되어 있었다.

특히 '염따'라는 랩퍼의 굿즈가 우리에게 큰 영감과 동기부여
를 주었는데, 그는 거의 무명에 가까운 랩퍼였지만 3억에 달하는
친구의 고급 외제차를 박는 사고를 내고 수리비를 벌기 위해 티
셔츠와 슬리퍼 굿즈를 팔기 시작했다. 장난삼아 시작한 굿즈 장
사가 폭발적인 인기를 끌면서 하루에 4억이 넘는 수익을 벌어들
였고, 염따 굿즈는 품귀 현상까지 일어나게 되었다. 그의 굿즈는
특별할 것도 없이 참 심플하다. 미국 힙합 문화에서 '부나 귀중품
을 과시하다'라는 의미로 사용되는 'FLEX'라는 단어만 쓰여있
다. 얼마나 많이 팔렸으면 그는 SNS를 통해서 제발 그만 사달라
고 사정을 하기까지 했을까. 우리에게 그런 기적이 일어나지 않
더라도 구독자 1만 명이라는 큰 목표를 달성하면서 기념으로 굿
즈를 제작해 보기로 했다. 기념품이나 이벤트의 목적이 아니라
판매 목적이라면 재고를 떠안는 것이 부담이지만, 구글과 연계된
'티스프링(Teespring)'이라는 사이트에서 주문과 동시에 제작되
어 세계 각국으로 배송을 해주는 편리한 시스템이 있어 가능했

다. 도안을 만들어 상품 구성만 해두면 내가 돈을 하나도 들이지 않고도 시작할 수 있었기 때문에 하지 않을 이유가 없었다. 유튜버의 입장에서는 재고를 떠안지 않아도 되고, 유튜브에서는 스토어 판매 수수료를 받을 수 있으며, 구독자는 내가 좋아하는 인플루언서의 굿즈를 구매할 수 있는 아주 좋은 시스템이었다. 아무래도 코로나를 겪으면서 되든 안 되든 일단 해보자는 막무가내 정신이 깊숙이 자리 잡은 것 같다. 사실 만들면서도 이 어설픈 티셔츠가 몇 장이나 팔리겠나 싶어 그저 제작 과정과 온라인 스토어 진열 과정 자체를 경험해보자고 생각했다.

가장 먼저 도안을 정해야 했다. 사이트에서 기본적으로 제공하는 굿즈는 티셔츠와 머그컵, 쿠션, 우산 등이 있었는데 우리는 티셔츠와 에코백 그리고 머그컵을 제작해 보기로 했다. 그림은 자신이 없으니 우리가 직접 찍은 이탈리아 도시들의 사진과 왠지 고급 브랜드스러운 로마를 상징하는 문자 'S.P.Q.R.(원로원과 시민에 의한 로마)'을 1안으로 정하고 가족 중 한 분의 도움을 받아 '이태리부부' 로고를 만들었다. 티셔츠는 어설펐지만 완성하고 보니 재질도 디자인도 마음에 들어서 남편과 커플 티셔츠로 입고 싶어 또 주문을 했고, 그해 여름 내내 우리가 직접 만든 S.P.Q.R. 티셔츠는 교복이 되었다. 'S.P.Q.R.'이라는 문자는 로마를 상징하기 때문에 로마를 여행할 때 입으면 어디서든 주목

받을 수 있다. 평소 커플 아이템을 끔찍이도 부끄러워하는지라 절대 구입하지 않던 우리 부부가 처음으로 가져본 커플 티셔츠 였다. 티셔츠는 우리가 만족했으니 당연히 구매하신 분들도 만족 스럽다는 반응이 많았다. 티셔츠만큼 반응이 좋았던 아이템은 에 코백이었는데, 우리가 이탈리아를 여행하며 직접 찍은 사진들을 심플하게 배치해 완성했다. 12 종류의 사진 중에 단연 가장 인기 가 많았던 에코백은 베네치아였다. 베네치아 에코백을 가지고 모 두 이탈리아에서 만날 수 있는 날이 빨리 왔으면 좋겠다. 유럽 국 가 이외에 미국에서, 일본에서, 한국에서도 굿즈를 구매하신 분 들이 인증샷을 찍어 보내주셨다.

우리의 콘텐츠가 돈이 되고 굿즈 판매로까지 이어질 수 있다 는 시도와 과정 자체가 무척이나 흥분됐다. 코로나는 정말 밉지 만 그 위기 덕분에 언택트 시대를 온몸으로 겪으며 새로운 시도 를 할 수 있는 요즘은 매일 새로운 아이디어를 떠올리느라 바쁘 다. 안정적인 수입이 있을 때는 절대로 생각하지 못했을 일들을 생각하고 실현해 나가는 요즘을 나름대로 즐기기로 했다.

아마 코로나가 아니었다면 더 늦게 시도했거나 시도조차 두 려워서 포기했을지도 모른다. 계획하고 상상하면 현실이 되는 온 라인의 시대, 앞으로 어떤 흥미진진한 일들이 펼쳐질까 기대가 되는 마음도 있다. 불확실한 상황 속에서도 늘 고민하며 한 걸음

씩 나아가는 우리가 참 대견스럽게 느껴진다.

"남편, 그런 의미에서 우리 겨울 제품도 만들어 보는 건 어때?"

# 어느 백수의
# 슬기로운 기록생활

우리 부부는 기록 중독자에 가까운데, 남편은 이탈리아에서 가이드로 첫발을 내딛은 2014년 1월 17일부터 단 하루도 빠지지 않고 블로그에 이탈리아 여행 정보와 일기를 기록해 왔다. 나 역시 10년째 블로그를 운영하고 있다. 블로그를 시작하게 된 계기는 멋모르고 시작했던 화장품 판매 사업을 홍보하기 위한 목적이었다. 홍보를 하기 위해서는 돈이 필요했는데 블로그는 공짜로 상품을 노출시킬 수 있는 수단이었기 때문에 하지 않을 이유가 없었다. 그때 당시만 해도 블로그는 꾸준히 운영하기만 하면 노출이 잘되었고 홍보 효과가 좋았다. 누구나 포털사이트 아이디 하나쯤은 가지고 있었으니 접근성이 뛰어나기도 했고, 믿을 만한 후기들도 많았기 때문에 블로그를 통한 판매 지수가 높아지면서 내가 운영하는 온라인 쇼핑몰로의 유입이 많았다. 지금 생각해보면 그것이 브랜딩이고 마케팅이었던 것 같다. 누가 가르쳐주지는 않았지만 어떻게 하면 사람들에게 매력적으로 다가올지를 매일 고민하고 글을 작성하고 제품과 나를 홍보하면서 판매 지수를 높였다. 이렇듯 목적성이 있는 기록은 나에게 수입이 되기도 했지만 그때의 치열했던 나의 일상과 감정들은 고스란히 남아 힘들 때마다 나를 일으켜 세워 주기도 했다. 그 일을 계기로 나는 지금까지도 기록을 이어나가고 있다.

화장품 사업을 그만두고 이탈리아로 오게 되면서 나는 다시 기록을 시작했다. 지금까지의 기록을 되돌아보면 낯설던 내가 있고, 포기하고 싶었던 순간들이 있고, 까무러치게 기뻤던 순간들이 있고, 지금은 아무렇지 않은 고민들이 남아있다. 그 많은 일상을 기록하지 않았다면 나라는 사람의 삶을 어떻게 증명할 수 있었을까. 어떤 형식으로든 기록은 그때의 나를 그냥 흘러가도록 가만히 내버려 두지 않는다.

기록의 효용을 누구보다도 잘 알고 있는 내가 코로나로 봉쇄가 시작되면서 단발성 글이 아니라 긴 호흡의 글을 써 내려가기 시작했고 더불어 영상 기록도 규칙적으로 하기 시작했다. 전 인류의 위기 상황을 보내고 있는 지금의 순간들도 그냥 흘려보내면 안 되겠다고 생각했기 때문이다. 실제로 내 눈앞에 벌어지고 있는 상황에 대해 글을 쓰고 그때의 감정, 그리고 하고 싶은 메시지를 공유하는 것 자체가 나에게 큰 활력이 되었다. 그렇게 쓰다 보니 블로그에 짧은 형식으로 써 내려가던 일기를 긴 호흡으로 다듬어 나갔고 내 삶이 정리되었다. 또 누군가는 나를 바라봐주고 함께 공감해주고 위로해 주었다. 엄마 이야기, 남편 이야기, 이민자로서의 고충이나 이탈리아에서의 삶 등 다양한 주제의 글을 쓰면서 내 이야기를 공감해주는 사람들이 생기고, 그 사람들이 유튜브 구독자로 연결되었다. 글이 영상 플랫폼으로 연결되면 그 사람과는 더 많은 감정을 가깝게 공유할 수 있다. 기록하고 그 기록을 공유하는 행위는 결국 타인과의 소통을 위함이었고 따뜻한 공감의 말 한마디가 기록을 지속하는 힘이 되었다.

블로그는 최근까지 가벼운 일기 형식으로 이탈리아 여행 정보들을 기록해 왔고, 최근에는 유튜브 영상과 브런치 플랫폼에서의 글쓰기에 집중하고 있다. 유튜브 채널과 브런치는 영상과 글이라는 기록의 수단만 다를 뿐 기록을 한다는 본질은 같다. 영상에서는 하지 못했던 이야기들을 글로 풀어내면 더 진솔해지고 왠지 모르게 용기가 생기는 것 같다. 21세기가 아무리 영상 미디어의 시대라 해도 스토리텔링의 기본은 역시 활자이다. 나는 글이 주는 힘을 믿는다. 나의 기록들이 누군가에게 영감이 되면 좋겠고, 글쓰기라는 행위를 통해서 '나'라는 사람을 확장해 나가고 싶다. 더불어 글쓰기를 내 생활의 일부로 받아들이고 싶다.

　꾸준히 새로운 콘텐츠를 제작해야 하는 크리에이터의 입장에서 콘텐츠만큼 중요한 것은 소통이었다. 피드백이 빠른 소통이나 일상 공유를 위해서는 인스타그램과 페이스북이 용이했고, 정보성 글은 블로그를 통해 공유하고 있다. 이렇게 나열하고 보니 우리는 모든 플랫폼을 두루 섭렵한 정말 기록 중독자들인 것 같다. 꾸준히 기록은 했지만 우리의 기록이 어떻게 양질의 콘텐츠가 되는지 팔로워를 늘리고 수입이 되는지 처음부터 생각하지는 못했다. 요즘은 'SNS 팔로워 늘리는 법'이라는 강의도 있고, 10만 팔로워만 있어도 인플루언서로 영향력을 행사하면서 크리에이터로 먹고살 수 있다는데 우리는 너무 기록이라는 행위에만 집중하지 않았나 싶은 생각도 든다. 영향력이 곧 돈이 된다는 사실을 그때는 알지 못했다. 영향력이 생기기 위해서는 양질의 콘텐츠들을 많이 생산해 내야 하는데 지금 우리는 지금까지 운영해왔던 기존 플랫폼의 구독자를 유튜브로 집중시키면서 영상 콘텐츠의 광고 그리고 라이브 스트리밍의 슈퍼챗 기능을 통해 주된 수입이 되고 있고, 수익형 블로그 워드 프레스와 네이버 블로그를 통해 글로 가공한 콘텐츠가 매일 약간씩의 수익을 내주고 있다.

　코로나로 백수가 된 상황에서 콘텐츠는 우리가 이탈리아에서의 삶을 이어나갈 수 있게 하는 데 가장 큰 역할을 해주었다는 점을 부인할 수 없다. 꾸준한 기록과 콘텐츠 생산은 오래도록 단련이 된 덕분에 어렵지 않게 지속할 수 있었다. 빠르게 팔로워가 늘거나 성장하는 것도 좋겠지만 우리가 제공한 정보를 오래도록 지켜봐 주신 많은 분께 신뢰를 쌓는 과정을 이미 거쳤기 때문에 유튜브 실시간 스트리밍이 또 다른 우리의 돌파구가 되어준 것 같다. 이렇게 당장 눈에 보이지 않는 기록이라는 작은 결과물들이 오랜 시간 지속되면서 우리의 콘텐츠를 소비해줄 팬이 생기고 이제는 기꺼이 시간과 비용을 지출하고 주변에 홍보도 해주신다.

코로나라는 위기 상황을 겪으며 기록의 효용 가치를 다시 한번 느끼게 된다. 모든 기록에는 각자의 의미가 있고, 쓸모가 있다. 그 수단이 사진이냐, 영상이냐, 글쓰기냐의 차이일 뿐 우리는 모든 것을 볼 수 있고 그 모든 것들은 기록될 수 있다. 기억은 짧고 기록은 길게 남는다.

# 내 콘텐츠에
# 열광하는 팬 만들기

이탈리아에 사는 우리 부부가 생산해 낼 수 있는 콘텐츠는 무궁무진하다. 그러나 우리는 자극적인 영상 없이 '이탈리아 여행'이라는 주제로 꾸준히 한 우물만 팠다. 이탈리아 여행에 필요한 '버스 타는 법, 환전하는 법, 기차 타는 법, 주유하는 법, 입장료, 잘 알려지지 않은 이탈리아 소도시, 길 찾는 법, 주문하는 법, 숙소 찾는 법' 등 이탈리아 여행을 계획할 때 꼭 필요한 정보들을 꾸준히 업로드해왔다. 지금 생각해 보면 '이탈리아 여행'이라는 좁은 카테고리의 키워드를 궤도에 올리기 위한 작업이었던 것 같다. 덕분에 우리의 콘텐츠는 잔뜩 힘이 들어가지 않아도 유익했고, 시간이 지나도 생명력이 있는 콘텐츠가 되었다. 블로그와 영상으로 꾸준히 도움이 되는 콘텐츠를 업로드했고, 10개월을 하루도 빠짐없이 실시간 스트리밍으로 소통했다. 우리는 특별히 언변이 뛰어나거나 재미있지는 않지만 도움 되는 양질의 정보를 꾸준히 업로드한 덕분에 충성 팬을 확보할 수 있었다. 콘텐츠가 돈이 되고 전업 유튜버가 되었지만 억지로 양을 늘리기 위해서 콘텐츠의 질이 떨어지면 구독자도 돌아서기 마련이다. 뿐만 아니라 매일 실시간 스트리밍을 진행하면서 구독자가 원하는 방향으로 우리를 맞추려 하지 않았고, 우리가 가장 잘할 수 있는 이야기들을 나누자 만족도가 더 높아졌다.

못하는 부분을 잘하는 척할 필요가 없고, 못하는 것을 못한다고 드러내야 결이 맞는 구독자들이 남아 우리와 함께 해주고 우리도 훨씬 편하게 채널을 운영할 수 있다. 과도한 기대치는 반드시 문제를 발생시키며 모든 구독자를 다 만족시킬 수는 없기 때문이다. 그리고 우리와 결이 맞는 구독자만이 우리의 충성 팬이 되고 우리를 알아서 홍보해 줄 수 있다. 이제는 이탈리아 여행 카테고리에서 유튜브를 운영하는 분들도 많아졌고, 코로나 시대에 수입이 없어지면서 유튜브를 전업으로 하는 분들도 부쩍 늘었다. 우리처럼 현지에서 랜선 여행을 진행하고 이국땅에서의 삶과 여행이라는 같은 카테고리에서 활동하는 통통 튀고 신선한 유튜버들이 늘어나면서 솔직히 불안하지 않다면 거짓말이다. 같은 카테고리에서 우리만 가질 수 있는 장점이 무엇이 있을까 고민하던 중 3월 봉쇄령 이후 하루도 빠짐없이 매일 한국 시간으로 저녁 9시만 되면 라이브 스트리밍을 켰다. 가랑비에 옷 젖듯 '매일 저녁 9시'가 사람들의 머릿속에 각인이 되고 나자 하나둘씩 9시 저녁 뉴스도 거르고 우리 채널을 찾아주셨다.

우리의 이야기가 누군가에게 소비될 가치가 있다는 점을 느끼기 시작하면서 유튜브를 더 이상 취미활동으로 대하기가 어려웠다. 하나의 직업으로 의식하고 진지하게 받아들여야겠다는 책임감이 생겼다. 그래서 실내에서 스트리밍을 진행할 때도 가치 있는 정보들을 가공하는 데에만 하루 4~5시간씩 쏟아가며 남편은 오히려 일을 할 때보다 더 바쁘게 지냈다. 영상을 제작하고, 자료를 정리하며 고민하는 그 고된 시간을 옆에서 지켜봤기에 남편에게 존경심마저 생겼다. 이런 꾸준한 노력과 진정성이 통했는지 실내에서 스트리밍을 진행할 때에도 매일 300~400명 이상 꾸준히 방문을 해주셨고, 자발적으로 우리에게 도움을 주시는 분들도 늘어났다. 무궁무진한 콘텐츠들을 가공해 꼭 필요하고 정확한 정보만을 전달하고, 매일 소통하는 것, 그것이야말로 소비될 수 있는 콘텐츠를 만들고 그 양질의 콘텐츠를 소비해줄 팬들을 확보해 나아가면서 우리가 코로나의 시기를 버텨낼 수 있던 가장 큰 원동력이 아니었나 싶다.

매일 저녁 9시, 어느새 멀리 사는 가족보다도 더 자주 보는 사람들이 되어 서로 인사를 하고 안부를 묻는다. 유튜브 스트리밍을 하고 1년의 시간 동안 누군가는 식당을 오픈해 너도나도 단골이 되어 주었고, 또 누군가는 아기가 태어나 벌써 100일을 맞이해 축하를 나누었으며, 힘든 회사 생활을 공감해주기도 했다. 이해관계가 없고 서로의 얼굴을 모르기 때문에 누구에게도 말하지 못할 비밀을 터놓기도 하고, 각자의 경험으로 조언도 해주면서 우리의 라이브 스트리밍 시간이 사랑방의 역할을 톡톡히 하게 되었다.

그렇게 우리가 매일 마주하는 동안 벌써 몇 번의 계절이 바뀌었다. 이제는 하루라도 안 보면 허전한 사이, 서로의 아픔도 보듬는 사이가 되었다. 매일 실시간 라이브 스트리밍을 켜면 처음 10분 동안은 서로 인사와 일상을 나누느라 정신이 없다. 나는 그 모습이 너무 좋다. 다시 여행이 시작된다면 매일 온라인에서만 인사를 나누던 우리끼리 함께 이탈리아를 여행하는 모습도 상상해본다. 현대 사회를 살아가는 우리 모두가 어쩌면 소통이 그리웠고, 단지 소통의 창구가 필요했는지도 모르겠다. 우리가 그 소통의 창구가 되어야겠다고 다짐해본다.

# 유튜브를 하면
# 행복하냐고요?

　　　　　　　　　　　　유튜브 실시간 스트리밍이 300회를
넘어섰을 때, 유튜버들이 쉽게 돈 번다고 생각했던 과거의 나를
진심으로 반성하게 되었다. 요즘은 청소년들 사이에서도 장래희
망 1위가 유튜브 크리에이터가 되었을 정도로 많은 사람들이 유
튜브 크리에이터를 꿈꾸고 있다. 우리는 코로나 상황으로 어쩔
수 없이 전업 유튜버가 되었지만 단언컨대 여행도 유튜브도 취
미생활이었을 때가 가장 즐겁고 행복할 수 있다. 본업이 있어야
만 즐기면서 유튜브를 할 수 있고 아무리 좋아하는 일이라도 일
이 되는 순간 온전히 즐길 수 없기 때문이다. 그리고 즐기는 자만
이 오래 지속할 수 있다. 유튜브는 구독자 숫자보다도 내 영상의

조회수가 많을수록 수입이 많은 구조이기 때문에 내가 영상을 열심히 만드는 것보다 유튜브 알고리즘의 선택을 받는 것이 더 중요하다. 시대 상황이나 이슈에 맞아떨어져야 하고 노력 대비 성과가 나오지 않으면 좌절에 빠지기 쉽다.

영상 퀄리티나 공들인 시간보다 알고리즘에 의해 선택되는 것이 꽤 중요하다는 점 때문에 사실 가장 회의감이 들었다. 나는 2년 동안 겨우 2만의 구독자를 모았지만 누구는 한 달 만에도 가능하고, 6~7시간 공들여 만든 영상보다 10분 만에 찍어서 자막도 없이 업로드했던 영상들이 인기를 끌기도 하고, 도움이 되는 정보성 영상보다 반응 시리즈나 이슈를 반영한 다른 유튜버들의 영상이 더 주목받는 모습을 보면서 속이 쓰리기도 했다. 유튜브가 그냥 취미였을 때는 기록이 목적이었기 때문에 채널 성장이 전혀 중요하지 않았지만 유튜브가 본업이 되고 나니 조회 수, 수익, 구독자 수 등에 참 많이 연연하는 나를 발견했다. 그리고 늘 새로운 콘텐츠를 생산해 내야만 한다는 압박감에 시달렸다. 분명 처음에 유튜브를 시작했을 때보다 성장하고 있음에도 불구하고 다른 사람들과 비교하며 조바심이 났고 심지어 불행하다고 느끼기까지 했다. 한국에 다녀온 사이에 비슷한 카테고리의 다른 채널로 구독자가 이동하는 모습을 지켜보면서 묘한 배신감이 들기도 했지만 결국엔 이 모든 것들을 내려놓아야 유튜브를 즐겁게 오랫동안 지속할 수 있겠다고 생각했다. 아무리 발버둥을 치고 내가 이 분야에서 오랫동안 자리를 지켜왔어도 어느 분야나 새로운 세대가 자리를 차지하게 될 수밖에 없고 사람들은 늘 새로운 콘텐츠를 원하고 있기 때문이다. 그러나 무슨 일이든 끝까지 하는 사람이 이기는 법이니 우리는 그저 묵묵히 우리의 할 일을 해 나가기로 한다.

유튜브는 오고 가는 사람들에 대해서도 해탈을 해야 하고 '싫어요'와 '악플'에 대해서도 마음을 비워야 한다. 다행히 유튜브를 운영하면서 심하게 상처가 될 만한 악플에 시달린 적은 없지만 우리의 영상이 전혀 관련 없는 폐쇄적인 커뮤니티에서 회자되며 악성 루머가 생산되었을 때는 너무 화가 나서 유튜브를 그만두고 싶기도 했다. 우리는 유명 연예인도 아닐뿐더러 겨우 구독자 2만을 목전에 앞둔 유튜버일 뿐이다. 사사로운 일들에 마음을 쉽게 다치면서 대중 앞에 자신을 드러내야만 하는 연예인들의 고충이 조금은 이해가 되었다. 글이든 영상이든 나를 드러내는 것은 두렵지만 우리가 잊혀지거나 아무것도 하지 않는 것이 더 두려웠기 때문에 유튜브를 멈출 수는 없었다. 다만, 영상이 아닌 가공되지 않은 실시간 스트리밍을 할 때는 사사로운 감정을 드러내거나 나의 의견을 말할 때 늘 조심스러웠고, 조금이라도 마음에 걸리는 말실수가 있으면 라이브 스트리밍이 끝나자마자 바로 비공개로 전환했다. 불특정 다수가 함께하는 온라인 공간에서 가공 없이 전달되는 말에는 쉽게 오해가 생길 수 있기 때문에 특히 발언을 조심해야만 했다. 그것이 우리 스스로를 지키고 채널을 지속시키는 일이었다.

지금은 유튜브가 우리에게 가장 큰 수입원이 되고 있지만 페이스북과 싸이월드가 그랬던 것처럼 유튜브가 언제까지나 정답이 될 수 없다는 것을 알고 있다. 그러나 우리의 비디오들은 언제까지나 남아 재생될 수 있다는 생각을 하면 절대 가벼운 마음으로 유튜브를 대할 수만은 없다. 동영상으로의 기록은 가장 생동감 넘치는 나의 그리고 지금의 기록이기 때문이다. 과연 20년 후의 내가 코로나 상황을 이탈리아에서 겪어낸 그때의 나를 마주하면 어떤 말을 해주고 싶을까. 그런 의미에서 이런 내용도 콘텐츠로 제작해봐야겠다. 이런, 가엾은 유튜브 중독자여.

# TV에 나오는 사람이
# 된다는 것

　　　　　　　　　　이제는 개인 방송의 시대다. 유튜버가 곧 유명 연예인만큼 영향력을 가진 인플루언서가 되고, 수십억의 수입을 벌어들이는 유튜버가 있는가 하면 이제는 연예인들도 개인 유튜브 채널을 개설해 대중들과 소통하고 있다. 다양한 채널과 콘텐츠들이 여러 플랫폼을 통해 소비되고, 나만 해도 유튜브를 보는 시간이 하루 평균 3~4시간에 달한다. 심지어 매일 유튜브로 라이브 방송을 진행하고 있기도 하다.

　　우리의 채널은 이탈리아 여행 정보에 초점이 맞춰져 있어 크게 주목받지 못하다가 이탈리아의 코로나 상황이 심각해지면서 한국에 있는 각종 매체들로부터 문의가 빗발친 케이스다. 3월 이탈리아의 확진자가 전 세계 최고기록을 경신했을 때 하루에 3~4건씩 매일 이탈리아 현지 상황을 한국 매체와 인터뷰했다. 시사라디오, 뉴스, 심지어 지방의 기상청, 교통방송국, 가장 최근에는 EBS 다큐멘터리 촬영까지…. 언론사, 잡지사, 라디오, 방송국이 그렇게 많은 줄도 몰랐고, 모두 비슷한 질문들만 할 줄도 몰랐다. 매번 똑같은 질문에 똑같은 대답만 하다 보니 남편은 전문 인터뷰이가 된 것 같았는데 봉쇄 기간에 그렇게 인터뷰를 하면서 쏠쏠한 부수입을 벌었다.

이탈리아 정부가 '봉쇄'라는 초강수를 두었고, 전염병 때문에 일을 못 하게 된 상황에서 거부할 수 없는 수입의 유혹이었지만 언젠가부터는 너무나 이탈리아의 상황을 부정적으로만 보도하려는 언론사들 때문에 모든 인터뷰 요청을 거절하게 되었다. 코로나 상황이 잠잠해지고는 EBS의 다큐멘터리 팀으로부터 출연 요청을 받았는데, 우리가 매일 진행하는 랜선 투어를 즐겁게 보시고는 코로나 시대에 변화된 삶에 대한 콘텐츠를 제작해보고 싶다고 하셨다. 평소에 우리가 즐겨보는 프로그램이라 마다할 이유가 없었다.

무엇보다 '코로나 시대의 여행'이라는 우리의 일상을 다룬다는 긍정적인 취지가 마음에 들었다. 막상 하겠다고는 했지만 촬영하던 날엔 평소와는 다르게 무척 긴장되었다. 집에서 투어를 위해 준비를 하는 순간부터 버스를 타고 베네치아 본섬에 나가서 투어를 진행하고 끝날 때까지 장장 5시간이 소요되는 여정이었다. 촬영 덕분에 평소에는 비싸서 못 타는 베네치아 수상택시도 타보고, 베네치아의 음식들도 맛보며 진짜 투어를 하는 것처럼 유튜브 스트리밍으로 진행을 했다. 놀랍게도 동시간에 최대 700명이 넘게 참여를 해주셨다. 투어 종료 시간이 한국 시간으로 새벽 1시 30분을 넘어가는 시간임에도 불구하고 끝까지 400여 명 이상이 시청해주셨고, 때마침 선물처럼 베네치아에서 가장 오래된 플로리안 카페에서 아리랑을 연주해 주어 감동까지 배가 되었다. 집으로 돌아오는 길 내내 고맙다는 인사를 얼마나 많이 받았는지 모르겠다. 이탈리아에 거주하며 이탈리아라는 매력적인 곳을 손바닥만한 휴대폰 하나로 비춰드리는 일을 한 것뿐인데 고맙다는 인사를 듣게 되다니…. 절대 우리가 잘나서가 아니라 이탈리아라는 나라에 매료된 분들이 많았기 때문에 우리 채널이 성장할 수 있었다. 자만하지 않고 묵묵히 이탈리아의 상황들을 전해드려야겠다고 다짐했던 날이었고, 여행을 쉽게 계획할 수 없는 시기이기에 막중한 책임감마저 느껴졌다.

여행은 이토록 시간이 지날수록 더 그립고 사람의 마음을 뒤흔드는 것인가 보다. 짧게는 며칠, 길게는 한 달여의 시간이지만 여행의 추억은 평생을 되새길 수 있으니 여행업에 종사하는 남편의 어깨도 무거울 것 같다. 집으로 돌아와 그날의 영상을 다시 보며 우리에게는 너무나 익숙한 풍경들이 누군가에게는 사무치도록 그리울 수 있겠구나 싶어 눈시울이 붉어졌다. 코로나 상황이 좋아지고 모든 사람이 마스크 없이 마음껏 여행을 계획할 수 있는 날이 빨리 왔으면 좋겠다.

TV 매체 촬영과 더불어 유튜브를 하면서 우리에게 일어난 믿을 수 없는 일 중에 하나가 바로 광고 촬영이었다. 그것도 이탈리아 명품 브랜드 아울렛에서 말이다. 일정은 한국 사무소와 조율했고, 촬영 당일 현지 어시스턴트들과 소통하면서 진행했다. 정말 꿈같은 일이었고, 마치 우리가 유명 인플루언서가 된 것처럼 기뻤다. 사실 광고 제의는 촬영하기 수개월 전부터 이미 협의가 된 상태였는데 노파심에 아무에게도 이야기하지 못했다. 자랑하고 싶어서 입이 얼마나 근질거렸는지 모른다. 우리가 브랜드에 누가 되지 않을지, 조회 수는 잘 나올지, 현지 어시스턴트와 소통은 잘 될지 등 걱정과 우려에 잠을 설쳤지만 다행히 너무 즐겁게 쇼핑을 아니, 촬영을 무사히 잘 마쳤다.

이탈리아 현지 관계자분들의 말에 따르면 코로나로 아울렛 매출이 급격히 하락했다고 한다. 지금 당장은 한국에서 쇼핑을 위해 베네치아까지 올 수는 없지만 미약한 힘이나마 보태고 싶어서 오랜 시간 열심히 촬영했고 조회 수도 잘 나와서 정말 다행

이었다. 평소에는 엄두도 못 낼 명품 브랜드의 옷을 입어보고 남의 돈으로 구매하는 짜릿한 경험이라니! 나도 어쩔 수 없는 인간인지라 속물 같지만 '역시 사람은 돈이 있어야 하고 돈이 없으면 영향력이라도 있어야 하는구나' 하는 것을 여실히 깨닫게 되는 경험이었다.

## chapter 03

# 여행은 멈췄지만
# 삶은 남는다

*Venice*

다시 떠나게 될 그날을 꿈꾸며

평범한 일상을 전혀 누리지 못하는 날들을 속절없이 보내며 한 가지 깨달은 것이 있다면 보고 싶을 때 마음껏 보고, 가고 싶을 때 가고, 먹고 싶을 때는 먹으며 살아가야 후회가 없겠다는 당연한 진리였다. 이제는 지인들과도 "언제 밥 한번 먹자, 조만간 만나자"와 같은 추상적인 약속은 하지 않게 되었고, 보고 싶으면 바로 약속해서 만나고 헤어질 때 꼬옥 포옹하는 습관이 생겼다. 언제 다시 볼 수 없게 될지 모르기 때문이다. 여행도 마찬가지다. 5월 중순 봉쇄가 끝나고 도시 간 이동이 가능해지기 시작하면서 우리는 부지런히 다시 여행을 시작했다. 언제 다시 멈출지 모른다고 직감했기 때문이다. 그것도 이렇게 텅 빈 이탈리아를 말이다.

5~6월은 이탈리아를 여행하기에 더할 나위 없이 좋은 계절이지만 관광객은 없었고 현지인들만이 상기된 채 거리를 누비고 있었다. 7~8월 여름 휴가철에는 이탈리아 경제 살리기의 일환으로 호텔 비용의 일부를 국가에서 부담해 주면서 여행을 독려했고, 국가 간의 이동이 가능해지면서 관광객이 조금씩 보이기 시작했다.

우리가 여행을 시작하자 한국에 있는 사람들은 언제쯤 다시 여행이 시작될지를 물어오기 시작했지만 정확한 답은 누구도 줄 수 없었다. 대신 코로나 블루를 조금이나마 극복할 수 있도록 우리는 더욱 열심히 여행했고, 기록했다. 그리고 코로나 이후의 새로운 여행 정보를 다시 콘텐츠로 가공하여 업로드하기 시작했다. 분명 다시 여행이 시작되었을 때 가장 필요한 정보가 될 것이다. 여행을 하면서 전염병에 대한 두려움은 늘 있어 왔고 여행이 망설여지기도 했지만, 이탈리아 총리도 전염병과의 공존을 선언했고, 언제까지나 집에서 머물 수만은 없는 노릇이었다. 아이러니하게도 코로나 상황이 여행하기에는 가장 최적의 컨디션이나 다름없었다. 여행 물가는 현저히 낮아졌고, 관광객이 없어 어딜 가나 환영받았으니 말이다. 다행히도 대부분의 사람이 전염의 위험성을 인지하고 마스크 착용이나 방역수칙, 거리 두기 등을 잘 지켜주었고 언제 어디서 다가올지 모를 위험에 철저하게 대비한 덕분에 우리는 아직 건강히 잘 지내고 있다. 하지만 나는 코로나 시대의 여행을 자랑하기 위해 이 이야기를 꺼내는 것은 결코 아니다. 제아무리 코로나가 닥쳐도 우리의 삶은 지속되어야만 하고 결국에는 예상했던 대로 우리는 다시 여행을 멈추어야만 했기 때문이다. 다시는 락다운을 겪지 않으리라 개인도 국가도 결연한 의지를 보였지만 주어진 자유의 대가는 1차보다 더 큰 파장으로 다가와 또 한 번의 위기를 겪어야만 했다. 결국 우리는 야심차게 계획했던 약 20여 일간의 시칠리아 여행을 취소하게 되었다. '다음에 가면 되지'가 아니라 '이제 언제 가볼 수 있을지' 아득하기만 하다.

코로나의 위기를 겪는 동안 가 보고 싶은 곳은 마음껏 가볼 수 있어 지금을 버틸 수 있는 힘이 되었지만 보고 싶은 엄마를 보지못하고 떠나보낸 것은 못내 아쉬움이 남는다. 아니, 평생 마음의 짐이 되지 않을까 싶다. 그렇기 때문에 지금 우리가 살고 있는 시대는 그 어느 때보다 현재 주어진 삶에 충실하고, 특히나 만나고 싶은 사람들을 미루지 않고 만나는 것이 정말 중요해져 버렸다. 사랑하는 사람이 언제까지나 우리를 기다려 줄 거라는 보장이 없기 때문이다. 장기화되는 상황 속에서 "잘 지내냐"는 인사도 이제는 민망하다. 모두가 금전 또는 마음의 여유를 잃었고, 심지어 나는 세상에서 가장 소중한 사람도 잃었다. 백신 소식이 조금씩 들려오기 시작하지만 지금 우리가 쓸 수 있는 유일한 백신은 의연해지는 것 그리고 우리 모두를 위해 기도하는 것뿐이다.

# 파스타보다
# 라면

　　　　　　　　　　　　이탈리아가 이동 금지령을 실시한
지 7주 차쯤 되던 날, 금단도 금주도 아닌 금라면 현상이 나타
나기 시작했다. 어느샌가 혼자서 밥을 먹을 때면 하루도 빠짐없
이 각종 라면 먹방 유튜브를 보면서 나도 같이 밥을 먹게 되었
다. '이래서 먹방을 보는구나' 싶은 생각이 처음으로 들었다. 남
이 라면 먹는 모습을 쳐다보며 함께 밥을 먹는 날이 오다니, 심지
어 라면의 그 후루룩 소리만으로 대리만족이 되다니. 한동안은
이렇게 봉쇄 기간이 오랫동안 지속될 줄도 모르고 새집으로 이
사 오면시 신라면 한 봉지 사 올 혜안을 발휘하지 못한 내가 너무
원망스러웠다. 한식을 안 먹고는 절대 못 사는 한식파는 아니지

만 노랗고 하얗고 빨간(색이지만 맵지 않은) 토마토 파스타만 돌아가며 7주를 먹다 보니 라면이 그 무엇보다도 간절했다.

라면은 전 세계인을 사로잡은 소울푸드임에 틀림이 없다. 베네치아에 처음 왔을 때 무려 알베르토 몬디가 졸업했다는 베네치아 카포스카리 대학에 한국어 학과가 있다는 소식을 접하고 온라인을 통해 만난 한국어 학과 학생과 매주 화요일마다 우리 집에서 언어교환을 한 적이 있었다. 그녀의 이름은 조지아(Giorgia)였고, 깍쟁이 도시 밀라노 사람에, 한국 드라마를 너무 좋아해서 한국어를 배우러 온 학생이었다.

공부를 시작하기 전엔 내가 늘 간단한 한식을 대접하곤 했는데 그녀가 가장 좋아했던 음식은 단연코 라면이었다. 라면을 먹고 나면 꼭 믹스커피가 당긴다고도 했다. '단짠단짠'이라는 혀의 본능을 라면과 믹스커피로 충족시키는 이탈리아인이라니! 그녀는 대학을 졸업하고 한국으로 그렇게 좋아하는 라면 원정을 떠났고 같은 라면이라도 한국에서 먹는 라면이 더 맛있다며 나에게 신상 불닭볶음면을 선물해 주었다. 그녀는 정말 한국 라면에 진심이었던 것이다.

코로나 상황으로 갑자기 봉쇄를 맞이하게 되면서 집에 남은 한식 재료라곤 눈곱만큼 남은 참기름과 고추장, 된장뿐이었다. 가끔 매운 음식이 먹고 싶을 땐 고추장에 밥을 비벼 먹는 것으로

185

마음을 달래곤 했지만, 한국 사람이라면 누구나 다 아는 얼큰하고 칼칼한 그 라면 맛이 너무나도 그리웠다. 창고에 그득히 라면 쌓아놓고 잘 익은 엄마표 김치 한 점 척 올려서 먹는 그 평범했던 날들이 갑자기 까마득히 먼 과거처럼, 심지어 다시는 없을 일상처럼 소중하게 느껴졌다.

그렇게 나는 매일 이탈리아 음식을 먹으면서 라면 먹방을 봤다. 매일 라면앓이에 꿈속에서도 라면을 먹는 광경이 심심찮게 등장하던 어느 날 밤, 어중간히 배는 고프고, 파스타를 삶기는 귀찮고, 라면 한 개만 딱 끓여 먹으면 적당하겠다 싶던 대망의 그날! 벼르고 벼르던 한국 식품을 홀린 듯 주문하고 말았다. 라면 하나만 딱 끓여 먹고 싶다는 욕망 때문에 라면 한 박스를 포함해 무려 20만 원을 지출하고 만 것이다. 사실 봉쇄령만 내려졌지 온라인 배송은 활발히 진행되고 있었는데 한국 식품을 주문하지 않은 이유는 먹고 싶지만 참을 만했고, 이참에 이탈리아 음식에 적응을 해보자 싶은 오기도 있었기 때문이다. 무엇보다 수입이 없는 상황에서 한국 식품은 한번 주문하면 큰 지출이기 때문에 망설여지기도 했다.

정신을 차려보니 7주를 버틴 것이 허무하게 이틀 만에 배송한 식품들이 도착했고, 주책스럽게 라면 박스를 보자 너무 반가운 마음에 눈물이 날 뻔했다. 외국에 살아본 사람들은 누구나 느껴봤을 법한 그 감정이 코로나 상황과 겹쳐서인지 더 크게 요동쳤다. 이렇게 라면 한 봉지가 감동적인데 나는 왜 기나긴 봉쇄 기간을 한식 없이 버텨보겠다 오기를 부렸을까? 한국 식품이 도착하자마자 남편과 사이좋게 라면을 끓이면서 오랜만에 코를 찌르는 라면의 매운 냄새에 연신 재채기를 해댔다. 알맞게 잘 익은 김치를 아까워서 조각조각 썰어 먹으며 '이런 오기는 다시는 부리지 말자!' 한바탕 웃었다. 뭐니 뭐니 해도 역시 한국 사람은 파스타보다 라면이다.

이제 노란색 파스타는 쳐다보지도 않을 것이다.

# 오후 3시,
# 엄마와의 대화

'엄마도 내가 이 먼 곳에서 어떻게
지내는지 궁금하지 않으실까?'

문득 그런 생각이 든 것은 엄마의 전이 소식을 듣고 난 후였
다. 엄마는 내 결혼식을 6개월쯤 앞둔 어느 날 유방암 판정을 받
으셨고, 수술 후 괜찮아지나 싶더니 한창 코로나가 창궐해 전 세
계를 휩쓴 2020년 5월의 어느 날 전이 소식을 전해왔다. 이번엔
'뇌암'이었다. 엄마가 암이라는 소식은 두 번째 들어도 익숙해지
지가 않았다. 병원에서는 종양이 이미 뇌의 4분의 1을 덮을 만큼
심각한 상태라고 했다. 그때까지 왜 참았냐고 엄마를 나무랄 수
도 없었다. 나는 아픈 엄마를 뒤로하고 나 혼자 행복하자고 이곳

까지 와서 행복을 누리며 살고 있기 때문이다.

　수술하던 날, 의사는 최악의 상황까지 꼼꼼히도 일러주었다고 했다. 4월엔 할머니가 돌아가시고, 5월엔 엄마의 뇌수술까지… 티를 내지 않았지만 버거운 날들의 연속이었다. 엄마는 결국 생사를 넘나드는 15시간의 수술을 하셨고 회복 중에 겨우 영상통화를 할 수 있었다. 울지 말아야지 했는데 "나는 괜찮다, 오지 마라" 하시는 말씀에 참지 못하고 눈물이 왈칵 터지고야 말았다. 이렇게 담담하게 이야기할 수 있게 되기까지 3개월이라는 시간이 걸렸다.

　'평소에도 친구처럼 살갑게 지낼 걸….'

　엄마가 아프고 나서야 뒤늦게 후회가 밀려왔다. 엄마가 조금씩 회복하고 당분간 이탈리아에서 경과를 지켜보자고 결정한 후 엄마가 불쌍해서, 혹시라도 엄마가 잘못될까 봐 아니, 그보다도 그런 결정을 내린 내가 너무 비겁해서 눈물이 났다. 그로부터 몇 주를 눈물로 보냈는지 모르겠다. 사실 지금 이 글을 쓰면서도 눈물이 흐른다. 나는 지극히 현실주의자라 살면서 종교를 가져본 적이 없고 앞으로도 그럴 일은 없을 거라고 확신했다. 그러나 엄마가 아픈데 아무것도 할 수 없는 현실 속에서 내가 할 수 있는 건 오로지 기도뿐이었다. 이탈리아는 가톨릭 국가이기 때문에 동네마다 성당이 있는데 매일 미사 시간마다 찾아가 울부짖으면서

기도했다.

'기도하는 법은 모르지만 우리 엄마를 살려주시면 평생 당신의 자녀가 되겠습니다. 엄마가 두려워하지 않게 곁에서 지켜주세요. 그리고 제발 더 늦지 않게 엄마를 만나게 해 주세요.'

이렇게 기도하고 나면 마치 내 기도가 하늘에 닿는 것만 같아 훨씬 마음이 편해졌다. 그러다 문득 페이스북, 인스타그램, 유튜브, 홈페이지, 브런치, 네이버 블로그를 운영하면서 이탈리아 여행 정보, 에세이, 일기, 유튜브 영상 등 한번 본 적도 없는 남들에게 거리낌 없이 일상을 공유하는 내가 정작 엄마에게는 구구절절 내 일상을 공유한 적이 없다는 걸 깨달았다. 전화도 일주일에 한 번 고작 하고, 가족들의 생사만 확인하기에 급급하던 무뚝뚝한 딸이었다. 수화기 너머로 엄마가 "잘 지내고 있다. 걱정하지 마라" 하면 정말로 잘 지내고 있는 줄로만 알았다. 15시간의 생사를 넘나드는 수술 후 회복 중 통화에서도 내가 걱정할까 봐 괜찮다고 한국에 오지 말라고 하시는 엄마였는데 말이다.

남편이 백수가 된 이후 요즘 나의 루틴은 아침 6시 이전에 기상하고, 환기 후 간단한 청소, 아침 식사 준비, 우리 부부끼리는 C/S라 부르는 SNS 관리를 한 후에 8시 즈음이 되면 인스타그램에 올릴 사진을 고르듯이 엄마에게 사진을 보낸다. 한국 시간으로 나른한 오후 3시쯤일 시간에 "나는 어제 씨가 없는 아주 달콤한 수박을 먹었고, 이제는 요리도 곧잘 하고, 이 서방은 조금씩 살이 빠지고 있고, 유튜브도 아주 잘 되고 있다"며 주절주절 일상을 공유한다. 그러면 아직 회복이 덜 되신 탓인지 다 틀린 맞춤법으로 엄마에게서 답장이 온다.

'나는 괜찮다.'

나도 모르게 눈물이 그렁그렁해져서 '사랑해'라고 보내면 엄마도 '사랑한다'라고 답을 하셨다. 매일 오후 3시, 엄마와 나의 대화는 그렇게 마무리된다.

# 타이르는
# 날들의 연속

　　　　　　　　　　"두 분이 전생에 덕을 많이 쌓으셨
나 봅니다. 이토록 아름다운 신혼이라니!"

　언젠가 유튜브 영상에 이런 댓글이 달렸다. 이제 막 결혼 3주
년인 우리 부부가 신혼이라고 감히 말할 수 있을지 모르겠지만
우리는 정말 아름다운 신혼을 즐기고 있다. "아기 낳기 전에 열
심히 여행을 다녀야 한다"는 육아 선배님들의 조언대로 마치 내
일이 없을 것처럼 참 부지런히도 여행을 다니고 있는데, 누가 보
면 부러운 인생이라 하겠지만 (나도 내 인생이 참 좋지만) 해외에서
우리 두 사람이 누리는 행복의 크기만큼 고단함도 늘 함께 견디
고 있다.

살아보니 어디서나 사람 사는 것은 다 똑같았다. 처음에는 하나하나 신기하던 수백 년 된 이탈리아의 건물이나 골목이 평범하게 느껴지기 시작했고, 매번 감탄했던 맑은 공기와 하늘에도 감흥을 잃어가고 있었다. 특히 이민자들을 가장 괴롭히는 체류와 주거 문제는 매년 도돌이표처럼 스트레스로 다가와 나를 괴롭혔다. 좋은 집주인과 좋은 집을 만나는 것도 이탈리아에서는 큰 행운이다.

이탈리아에서 살아낸 7년간 조금 안정적이다 싶으면 나락으로 떨어지고 또 좀 살만하다 싶으면 우리 선에서 해결할 수 있을지 없을지도 모를 위기 상황이 닥치는 일들이 반복되었다. 이 나라가, 모든 상황이 나를 허락해 주어야만 기꺼이 머무를 수 있는 현실이라니. 남들이 보면 부러워할 유럽에서의 삶이지만 어느 것 하나 안정적이지 않은 이곳에서의 삶은 입 달린 벙어리로 누군가와 타협하거나 적당한 거리를 유지하며 살아야 한다고 늘 스스로를 타이르는 나날들의 연속이었다. 장담컨대 이탈리아에서의 삶은 '그냥 한번 살아볼까?' 하는 가벼운 마음으로는 절대 안 되고, 내가 간절히 붙잡아야지만 지속될 수 있기 때문에 나도 모르게 항상 긴장의 끈을 놓지 않는 것이 몸에 배어 있는지도 모르겠다.

더구나 나의 힘듦은 내 스스로 해결하지 못하면 어느 누구에게도 털어놓기가 힘들었는데, 한국에 있는 친구들은 주식과 돈 버는 것에만 관심이 있었고 내가 아무리 한탄을 늘어놓아도 그저 해외 생활에 대한 로망으로 가득 차 배부른 투정으로 치부해버리기 일쑤였다. 같은 처지에 고민을 나눌 사람이 주변에 없었기 때문에 옆에 있는 남편을 괴롭게 하기도 했다. 온전히 내 선택에 의해 오게 된 이탈리아인데 마치 남편 따라 억지로 이곳에 살게 된 비운의 여주인공이 된 것처럼 굴었다. 답답한 마음에 집을 나가도 갈 곳이 없었다. 짐을 싸면 그대로 한국행 비행기를 타야만 할 것 같았다. 그럴 용기는 죽어도 나지 않아 짐 싸는 시늉만 여러 번 했을 뿐이다.

마음이 몹시 힘든 날에는 가끔 북적이는 관광지의 바에서 맥주 한잔을 마시는 것으로 마음을 달래곤 했다. 평범하게 느껴졌던 모든 것, 미세먼지 없는 하늘, 꽃냄새, 살결을 스치는 바람, 행복한 관광객들의 모습이 속절없이 좋기만 하다. '내가 살고 있는 곳은 이탈리아구나' 나조차도 이곳에서의 삶을 동경하고 있다는 사실을 깨달으며 나는 또 이곳에서의 삶을 간절히 붙잡게 된다.

나는 돌아갈 내 나라가, 가족이 있다는 사실이 이곳에서의 삶을 유지하는 데 있어서 변하지 않는 든든한 버팀목이지만, 이탈리아의 이민자 중 일부는 아프리카, 중동 지역의 난민 지위로 이곳에 머물고 있으며 가고 싶어도 자신의 나라로 돌아갈 수 없다.

이탈리아 문학 수업에 만난 호다(Hoda)는 시리아 출신이며, 남편과 전쟁을 피해 이탈리아로 왔고, 여권도 시리아 대사관도 없는 이탈리아에서 언제든 쫓기듯 떠날 준비를 하고 있다. 얼마나 많은 날을 스스로 다스리며 살아왔을지 감히 짐작도 되질 않는다. 남편은 병들었고 50세가 넘은 호다는 일자리를 찾고 체류 허가증을 받아 이곳에서 오래 머물고 싶어 했다. 그녀에게 이탈리아에 대한 낭만이나 동경 또는 선택권은 없다. 오로지 삶의 연장이 필요할 뿐이다.

내가 남편과 싸운 이야기를 하면 고맙게도 그녀는 늘 자신의 집으로 오라고 이야기해주었는데 그녀의 이야기를 듣고 나니 내 자신이 너무 부끄러웠다. 우리는 이방인으로서 이곳에서의 장기전을 꿈꾸며 함께 이탈리아어 공부를 했고, 뜨개질을 배웠다. 그러나 코로나 상황 이후 그녀는 어디론가 쫓기듯 떠나버렸고 연락이 두절되었다. 그토록 그리워하던 고향으로 갔는지, 다른 나라로 갔는지 모르겠다. 다만, 그녀의 인생에 따뜻한 봄날이 내려앉기를 바랄 뿐이다.

# 랜선으로
# 여행하는 시대

코로나로 인한 온라인 시대가 더 가까워지면서 랜선 송년회, 랜선 뒷풀이, 랜선 졸업식 등등 '랜선'이라는 단어가 자주 들리기 시작했다. '그렇다면 여행도 랜선으로 할 수 있지 않을까?' 하는 생각이 든 것은 봉쇄가 해제되던 시점에서였다. 이탈리아 봉쇄 기간이 끝나고 드디어 바깥 외출이 가능해지면서 두 달 동안 집에서만 진행하던 실시간 라이브 방송을 이제 야외에서 진행해보기로 한 것이다. 휴대폰 하나로 개인 방송이 가능해졌다고 하지만 어느 누구도 실시간 야외 랜선 여행이 가능할 거라고도 생각지 못했고, 랜선 여행이 실제 여행의 대안이 될지 예상치 못했다. 그것도 이렇게 오랜 시간을 말이다.

처음 베네치아 야외 랜선 여행을 진행하기로 했던 5월 말, 만반의 준비를 했지만 이탈리아의 인터넷 환경이 가장 걱정되었다. 라이브 스트리밍을 켜자마자 강제 종료되거나 70년대 텔레비전 같은 화질로 도저히 랜선 여행을 실행할 수 없는 지경이라 거의 불가능에 가깝다는 결론에 도달할 때쯤 드디어 6월의 어느 날 처음으로 30여 분간 라이브 방송이 매끄럽게 진행되었다. 이탈리아가 온라인 수업과 재택근무가 활성화되면서 온라인 환경이 갑자기 좋아진 것인지, 유튜브 환경이 좋아진 것인지 모르겠지만 그렇게 처음으로 베네치아 살루테(Salute) 성당 앞에서 성공적으로 스트리밍이 진행된 것이다. 드디어 희망이 보였다. 많은 사람이 추억이 깃든 베네치아의 실시간 모습을 보면서 함께 추억에 잠기고 호응해 주었다. 우리조차도 오랜만에 만난 그것도 텅 빈 베네치아의 모습이 신기했다. 여행을 계획할 수 없는 상황에서 여행이 그리운 많은 사람에게 어떤 모습으로 다가갔을까도 궁금했다. 이제 베네치아에서 벗어나 다른 도시로 확장해 보기로 했다.

이탈리아의 확진자 수치가 100명대로 떨어지면서 남편과 조금 더 구체적인 여행 프로젝트를 기획했다. 이름하여 '월간답사 프로젝트'다. 여행이 간절한 사람들과 이곳에서의 삶을 이어나가야만 하는 우리 부부의 니즈가 유튜브라는 연결고리를 통해 서로 충족되면서 우리는 봉쇄령이 해제된 5월 베네치아를 시작으

로 6월부터 본격적으로 '월간답사 프로젝트'라는 거창한 이름의
여행을 시작하게 된 것이다. 우리가 여행하는 지역의 모습을 스
트리밍을 통해 실시간으로 전달하면서 랜선으로나마 코로나 블
루를 이겨내시길 바랐고, 우리에게는 콘텐츠 생산을 할 수 있는
기회이기도 했다.

월간답사 프로젝트는 단순히 이탈리아의 모습만 보여주는 것
이 아니라 매달 여행지를 투표로 함께 선정하고 여행을 준비하
는 과정, 실천, 다녀온 후기와 사용 금액 등을 자세하게 리뷰하는
형식으로 운영했기 때문에 실제로 여행을 준비하는 설렘과 함께
여행의 여독도 느낄 수 있다. 여행을 마친 후에는 사진을 정리해
서 전달하기도 했다. '랜선 여행이 실제 여행의 대안이 될 수도

있겠구나'를 느끼게 되면서 우리는 전투적으로 월간답사 프로젝트를 진행했다.

> 2020년 6월 - 피렌체, 피사, 시에나, 파도바, 시르미오네, 베로나, 볼로냐, 노알레, 베네치아
> 2020년 7월 - 나폴리, 카프리, 아말피, 라벨로, 포지타노, 소렌토
> 2020년 8월 - 돌로미티 서부 지역, 로마, 아씨시, 피렌체
> 2020년 9월 - 돌로미티 동부 지역

우리가 돈이 많아서 마음껏 여행을 다닐 수 있는 형편이 물론 아님을 먼저 밝혀두고 싶다. 남편이 일을 했을 땐 이렇게 긴 시간 여행만 하기가 힘들었을뿐더러, 코로나라는 특수한 상황 때문에 숙박비부터 전체적인 여행 물가가 대폭 축소되었고, 관광객이 없어 아이러니하게도 코로나의 상황은 여행을 하기에는 최적의 환경이었다. 물론 전염의 위험만 없다면 말이다. 당연히 확진자가 다시 급증하게 되면 여행은 중단할 생각이다. 우리의 안전이 가장 중요하기 때문이다.

코로나 이후의 여행은 이전과 많은 변화가 있었다. 이전의 여행책, 블로그, 유튜브의 정보는 대폭 수정이 불가피해 보인다. 시

대가 불확실할수록 사람들은 정확하고 안전한 여행을 계획하게 될 것이며 예약 시스템과 소수 인원의 투어 진행은 여행 비용도 함께 상승시키게 될 것이다. 마스크를 쓰지 않고 여행하던 때의 사진과 영상을 보면 언제 그랬냐는 듯이 아득하기만 하다. 언제쯤 우리는 마스크 없이 여행을 아니, 일상을 살아나갈 수 있을까?

이렇게 많은 분이 랜선 여행을 좋아해 주실 거라곤 생각지도 못했다. 부끄럽게도 여행은 내가 직접 현장에 가서 두 눈으로 보고 직접 먹어봐야 제대로 느낄 수 있는 거라고 한참 뒤처진 생각을 했다. 우리 인간은 남이 먹는 것을 보면서, 남이 쇼핑하는 모습을 보면서 또는 남의 여행을 보면서 대리만족을 느끼는 본능을 가지고 태어났는데 말이다.

3년 전 우리가 터키 파묵칼레를 여행하고 있었다고 페이스북이 친절하게 알려준다. 나는 터키가 참 좋았다. 다시 가고 싶은 여행지를 꼽으라면 늘 터키를 1순위로 꼽았을 정도였으니까 말이다. 터키 여행 사진을 보니 그때 걸었던 거리, 이슬람 국가의 신비로운 모스크, 고등어 케밥, 처음 본 우리에게 결혼 축하 선물을 건네던 친절한 버스 기사 아저씨, 다음에 꼭 만나자고 기약 없는 약속을 하며 헤어졌던 로컬 가이드분까지… 모든 것이 선명하게 기억이 났다. 오늘의 감정으로는 누구라도 온라인에서 랜선 터키 여행을 해주면 당장 달려가 '좋아요'와 '구독'을 백 번쯤 눌러주고 싶은 심정이었다. 우리와 함께 랜선 여행을 하시는 분들도 모두 비슷한 마음이 아닐까. 여행을 계획하기 힘든 지금 많은 분이 우리와 함께 랜선 여행을 하면서 여행의 행복했던 추억을 되새기며 대리만족을 느끼고 계실 거라는 생각에 막중한 책임감이 몰려드는 밤이다.

지금은 모든 서비스가 비대면으로 이루어지는 시대다. 그러나 비대면을 뜻하는 '언택트(Un-Contact)'의 본질은 결국 '콘택트(contact)'이다. 지금은 온라인으로 남의 여행을 대신 느낄 수밖에 없지만 여행이 다시 시작되면 온라인의 관계는 결국 오프라인으로 연결될 수밖에 없다. 끝나지 않을 것만 같던 전염병이 잠잠해지고 나면 언제 그랬냐는 듯 다시 여행은 시작될 것이고, 그때 가장 필요할 정보를 제공하기 위해 우리는 멈추지 않고 여행한다. 하늘길만 열리면 당장 비행기를 예약하려는 사람들로 여행사, 항공사의 서버가 마비될지도 모른다. 그렇게 다시 여행이 시작되었을 때 새로운 세상의 이탈리아 여행에 길잡이가 될 만한 정보를 열심히 만들어 보자고 남편과 다짐했다. 유튜브는 코로나 이후 여행에 필요한 영상 가이드로서의 역할을 톡톡히 해 줄 것이다. 우리만큼 코로나의 시대에 이탈리아를 다양하게 여행한 사람도 없을 테니까.

# 엄마를 위한
# 기도

'기도'라는 단어가 내겐 참 낯설다. 항상 바라는 일이 있을 때만 간절했고, 사실 기도를 어떻게 해야 하는지 누구를 향해 하는지도 모른 채 그저 나 바라는 일만 주절이 늘어놓는 행위에 왠지 모르게 마음이 편해지곤 했다. 그런 내가 엄마를 위해 기도를 했다. 엄마는 아팠지만 수술 후 회복을 하는 듯싶다가 전이가 된 지 5개월 만에 세상을 떠나셨다. 엄마의 전이 소식을 듣고 매일 눈물을 흘리며 기도했다. 한국에 갈 결심을 쉬이 하지 못했던 그 5개월 동안 이탈리아에서 만나는 성당마다 들어가 눈물을 흘리며 기도했고, 용한 보살집을 찾아다니듯 기도를 위해 가톨릭의 성지인 아씨시(Assisi)에 꼭 가야겠다고 마음을 먹었다. 그리고 로마에서 피렌체로 오던 그 여정 중 아씨시에 들러 하루 내내 기도만 했다. 내가 엄마를 위해 할 수 있는 일이 그것밖에 없다고 생각했지만, 사실은 엄마를 위한 기도도 일부는 나를 위함이었다. 기도를 하면 다 들어주실 것처럼 마음의 위안이 되고, 무너져 내릴 것만 같은 마음에 한 가닥 희망이 생겼기 때문이다.

내 기도는 무조건 "엄마를 제발 살려주세요"로 시작됐는데 기도하는 법도 모르면서 두 손을 모으기만 하면 눈물이 쏟아졌다. 아니나 다를까 아씨시에서도 기도를 하다가 또 한바탕 눈물이 났다. 동네 성당도 아니고 한 번 미사에 수백 명씩 참석하는 가톨릭의 성지에서 동양인 여자가 꺼이꺼이 울었지만, 고맙게도 아무도 신경 쓰지 않아 주어서 맘 편히 울 수 있었다. 아마도 나를 절실한 신자쯤으로 생각했을 것이다. 수많은 사람 속에서 우는 것이 전혀 부끄럽지 않게 느껴져 기도를 할 때뿐만 아니라 언제고 울고 싶을 때마다 성당을 찾아야겠다고 생각했다. 생각보다 울고 싶은 날 마땅히 울 수 있는 장소를 찾기는 쉽지 않기 때문이다. 내가 자주 가는 동네 성당은 이제 내가 울면 나와 내 엄마를 위해서 기도를 보태주신다. 무슨 용기였는지 엄마를 위한 기도를 함께 해주십사 내가 먼저 부탁했기 때문이다. 누군가 나와 내 엄마를 위해 기도해 준다는 것, 그 사실만으로도 위안이 되었고 기

도를 지속하는 힘이 되었다.

효녀 노릇은 못 했지만 엄마가 아프고 나서 이역만리에 떨어져 있는 내가 할 수 있는 유일한 일이 기도밖에 없어 시작한 매일 기도가 어느덧 100일을 훌쩍 넘겼다. 엄마는 내가 수능시험을 치기 100일 전부터 매일 절에 가서 108배를 올리셨다. 가끔은 집에서도 아버지의 건강을 위해서, 동생의 취업을 위해서 기도하셨고, 당신이 아픈 후부터 처음으로 자신을 위한 기도를 하셨다. 평생 가족들만을 위해 사신 엄마는 당신을 돌아볼 겨를도 없이 너무나 일찍 우리 가족 곁을 떠났다. 그렇게 열심히 기도했는데 엄마를 너무 빨리 데려가셨다고 원망도 했지만 어쩌면 기도 덕분에 엄마는 더 오랫동안 고통스럽게 아프지 않고 좋은 곳으로 가셨는지 모른다.

엄마를 그렇게 보내고 나니 혼자 남을 아버지가 많이 걱정되었다. 평생 친구와 술을 좋아해서 그렇게도 다른 가족들 속을 썩이던 아버지였는데, 엄마를 마지막까지 보살펴준 아버지에게 고맙고 측은한 마음이 들었다. 마누라 먼저 보낸 홀아비라고 남들에게 손가락질 받지 않을까 좋은 옷도 몇 벌 사드렸다. 생각해보니 엄마가 살아계실 때 생전 좋은 옷 한 벌 맛있는 식사 한 끼 내 손으로 직접 대접해 드리지 못한 것이 미안해 아버지에게만큼은 후회하지 않는 딸이 되어야겠다고, 내가 잘 보살펴 드려야겠다고 마음먹었다.

엄마를 보내고 한동안은 기도를 하고 싶지 않았다. 그러나 아버지와 함께 엄마와 자주 다니던 절에 다녀온 후로는 다시 기도를 하기 시작했다. 알고 보니 아버지도 엄마가 아픈 것을 옆에서 지켜보며 마음이 힘들 때마다 절에서 많은 날을 엄마를 위해 기도해오셨다고 했다. 아버지도 나처럼 얼마나 많은 날을 속으로 눈물을 삼키셨을까 생각하니 마음이 아팠다. 엄마를 보내고 아직 내 앞에서 한 번도 눈물을 보이지 않으셨지만 혼자 기도를 하시면서라도 많이 소리 내어 우셨으면 좋겠다. 슬픔이라는 감정은 삼키기보다 털어내어야 비로소 해소되기 때문이다. 지금까지 살아온 시간보다 어쩌면 더 오랫동안 마주하게 될 엄마라는 그리고 아내라는 존재의 상실감을 인내만 하기에 우리는 너무 연약한 존재이며 곪아 문드러지기 전에 터뜨려야 또 새로 맞이할 이별에 의연해질 수 있는 것 같다.

이제 우리의 기도는 엄마를 그리고 서로를 향하고 있다. 여전히 눈물이 마르지 않는 나날들이지만 엄마가 우리의 기도를 듣고 조금은 더 편안해지셨으면 좋겠다.

# 악마가 사랑한 천국,
# 돌로미티

유럽에 사는 가장 큰 장점 중 하나가 바로 주변 유럽 국가로의 이동이 쉽고 저렴하다는 것이다(베네치아에서 벨기에로 가는 비행기 좌석을 2만 원에 예매한 적 있다). 유튜브와 카페를 운영하면서 "이태리부부는 이탈리아에 살면서 왜 이탈리아만 여행하나요?"라는 질문을 정말 많이 받았다. 그렇다고 우리가 주변 유럽 국가로의 여행을 아주 안 한 것은 아니지만 기회가 있으면 무조건 이탈리아 여행을 우선순위에 두었다. 갔던 장소를 몇 번이고 또 가기도 하고 생소한 장소들을 일부러 정보를 수집해서 찾아가기도 했다. 그렇게 우리가 지난 6년간 함께 여행한 이탈리아의 크고 작은 도시가 무려 100여 곳이 넘는다.

그냥 여행만 한 것이 아니라 가는 방법, 비용, 맛집, 숙소 등의 정보를 기록하고 공유해둔 덕분에 많은 분께서 고마움을 전해주셨다. 물론 열심히 여행한 덕분에 돈을 모으지는 못 했지만 그보다 더 값진 경험을 했다.

우리 부부가 이탈리아만 여행하는 이유는 언어나 시간, 화폐의 변화가 없어 물리적으로 편하다는 이유도 있지만, 가장 큰 이유는 이탈리아만 해도 볼 것도 갈 곳도 너무 많기 때문이다. 실제로 각 도시국가 체제에서 이탈리아라는 하나의 나라로 통일된 지 불과 한 세기밖에 지나지 않았기 때문에 각 도시가 마치 각 나라인 것처럼 다양한 모습과 체제를 유지하고 있다. 밀라노, 피렌체, 베네치아, 로마만 따로 놓고 본다면 이 도시들이 한 나라에 속해 있다고 감히 유추해낼 수 있을까?

알프스와 지중해를 모두 가진 복 받은 나라가 바로 이탈리아다. 한 나라만 여행해도 다른 유럽 국가들보다 투자 대비 여행하는 재미가 쏠쏠하고 오감을 만족시키는 다양한 즐길거리가 넘친다. 물론 우리가 이탈리아에 단단히 콩깍지가 씐 것일 수도 있다. 우리가 올여름 여행지로 정한 수드 티롤(Sud Tirol, 돌로미티) 지역은 이탈리아 자국민들에게도 가장 각광받는 여름 휴양지다. 지리적으로 이탈리아 북부, 오스트리아와 맞닿아 있으며 1차 세계대전 때까지 오스트리아 헝가리 제국의 영토였기 때문에 지금도 독

일어와 이탈리아어를 혼용하고 있다. 스위스, 슬로베니아와 더불어 알프스산맥에 둘러싸여 있어 숨 막히게 아름다운 자연경관은 물론이고 전 세계 스키어, 바이커들의 사랑을 한 몸에 받는 곳이다. 오죽하면 '악마가 사랑한 천국'이라는 별명이 붙었을까. 스위스만큼 자연의 매력을 듬뿍 느낄 수 있으면서 여행 경비는 훨씬 저렴해서 한국의 트래커나 일반 여행객들에게도 조금씩 알려지기 시작한 지역이다. 우리 부부가 노년을 보내고 싶을 만큼 사랑에 빠진 곳이라 더 널리 알려졌으면 하는 마음에 열과 성을 다하여 각종 SNS를 통해 정보를 공유하고 있다. 향후 돌로미티는 스위스만큼 유명한 관광지로 우뚝 서게 될 거라고 믿어 의심치 않는다.

지금 돌로미티를 알게 된 여러분은 이미 선구자이며 언젠가 우리의 영상이나 글을 통해 돌로미티를 여행하게 될지도 모른다. 남편은 2015년에 이탈리아 버스 기사의 추천으로 돌로미티를 알게 되고, 투어로, 여행으로 이미 백 번 이상 돌로미티 지역을 방문했다. 돌로미티 최고의 전문가가 되라는 의미로 돌백남(돌로미티 백 번 가본 남자)이라는 별명을 붙여 주었다. 운전을 할 수 있다면 돌로미티는 렌트카로 여행하는 것이 가장 편리하겠지만 대중교통으로도 충분히 다녀볼 수 있는 코스들이 많다. 대중교통 여행의 장점은 뭐니 뭐니 해도 시원한 맥주를 마실 수 있다는 것이다. 여름철 탁 트인 돌로미티의 풍경 속에서 어찌 맥주를 마다할 수 있으랴.

돌로미티에는 다양한 트레킹 코스가 있지만 가장 인기 있는 코스는 단연 트레치메(Tre Cime)일 것이다. 트레치메는 '세 개의 봉우리'라는 뜻으로 해발 2,450m에 위치한 거대한 암봉이 소리 없이 내지르는 그 기운은 말도 못하게 웅장하다. 3시간이면 충분히 걷는 코스를 나는 계속 감탄하며 뒤를 돌아보느라 무려 5시간이 소요되었다. 5시간을 내리 걷고 나니 저절로 다리에 힘이 풀렸지만, 트레치메 덕분에 걷기의 매력에 흠뻑 빠져버렸다. 내가 감탄만 하는 동안 버스의 막차 시간이 빠듯해 더 오래 머무를 수 없어서 못내 아쉬웠다. 더군다나 트레치메는 날씨의 영향을 많이 받기 때문에 일 년 중 절반은 입산도 힘든 곳인데 나는 한 번에 운이 좋게 만나게 된 것이다. 아무나 볼 수 있지만, 누구나 볼 수 없는 트레치메를 여름철 트레킹 코스로 강력 추천한다.

대중교통은 여러 가지 제약이 있지만 뜻밖의 선물을 얻을 수도 있다. 바로 버스를 잘못 타보는 것이다. 아니, 일부러 그럴 필요는 없지만 우리는 버스를 잘못 탄 덕분에 오스트리아의 국경 지역 브레싸노네(Bressanone)라는 마을을 만날 수 있었다. 카레짜 호수(Lago di Carezza)에 가려다 우리가 버스를 잘못 탔다는 것을 알아차린 것은 이미 30분이 훌쩍 지난 후였다. 자동차가 다니

는 것이 이상할 정도로 산속을 굽이굽이 지나 진짜 오스트리아의 인스브루크까지 갈 뻔했지만 지도상 가장 가까운 큰 마을에 가서 버스를 갈아타자고 생각하고 내린 곳이 브레싸노네 마을이었다. 전혀 이탈리아스럽지 않은 마을 분위기와 오스트리아 국경 도시답게 독일어가 더 많이 들리는 동화 속 마을 같았다. 독일 소시지와 맥주에 흔들려 그곳에 더 오래 머물고 싶어지기까지 했다. 가이드가 버스도 잘못 타냐며 남편을 구박했던 것이 민망해질 정도로 단번에 그곳의 분위기에 매료되고 말았다. 심지어 집에 가기 전에 한 번만 더 길을 잃었으면 좋겠다고 기도까지 했다. 길을 잃어도 좋은 여행. 돌로미티는 미지의 세계인 만큼 늘 새롭고 다양한 즐거움을 선사한다. 하루빨리 마스크를 벗고 돌로미티의 투명한 공기를 마음껏 마시고 하루종일 걸을 수 있는 날이 왔으면 좋겠다.

# 로마는 멈춰있지만
# 멈춰있지 않다

4년 전 파리에 살던 친구가 로마에 여행 왔을 때 "로마는 멈춰있는 도시 같은 느낌이 든다"고 말했다. 내가 로마에 대해 느낀 첫인상도 그랬다. 물론 무질서와 지저분한 거리는 내가 생각했던 로마와는 거리가 멀었지만 가늠할 수 없는 세월의 흔적들, 건물, 트램 그리고 사람들까지도 모든 것이 로마 그 자체였고 로마스럽다고 경외 섞인 감탄을 내뱉곤 했다. 눈에 보이는 것들에 대한 감탄이 잦아들자 수천 년 역사를 잘 지켜내려는 로마 사람들의 노력이 보이기 시작했다. 예를 들자면, 로마의 유적들을 지켜내느라 지하철 노선을 확장하지 않는다거나 로마의 중심지에는 새로운 건물을 짓지 않고 오래된 건물을 그대로 이용하여 사람들이 살아가는 모습들을 보면서 '이탈리아는 절대 조상 덕분에 잘 먹고 잘사는 나라는 아니구나' 하는 생각을 했다. 옛것을 지켜내려는 지금 사람들의 노력이 없었다면 로마도 이탈리아도 지금의 명성을 유지하기는 어려웠을 것이다. 특히나 콜로세움, 트레비 분수처럼 대형 복원 공사는 이탈리아의 명품 브랜드들에서 수백억씩 기부를 해 유적들을 지켜내고 있다. 옛것을 지키려고 노력하고 불편하지만 자부심을 가지고 의연하게 받아들이며 생활하는 그 사람들이 나는 참 좋았다. 물론 옛것을 그대로 지키려는 로마 사람들인지라 사고방식이나 행정적인 부분, 생활 방식도 현시대에 맞지 않는다는 느낌이 들어서 화가 치밀어 오를 때도 있었지만 그것조차도 로마스러운 모습이었다. 그리고 그것이 로마를 다시 찾게 되는 이유이기도 하다. 프랜차이즈 식당이나 너무 현대적인 건물, 카페테리아(Caffeteria)는 로마스럽지 않다고 생각하기도 했다.

이탈리아는 음식에 대한 자부심도 대단해서 프렌차이즈 식당들이 뿌리내리기까지 정말 많은 시행착오가 있었다고 한다. 특히 커피 자부심 하나는 끝내주는 이탈리아에 스타벅스가 입점하기까지 무수한 소문들이 돌았고, 끝내는 밀라노를 기점으로 일부 북부 지역에만 자리를 잡고 있다. 자신들의 것을 지키며 유동적으로 받아들일 줄 아는 이탈리아라 좋았다. 그러나 그 변화가 코

로나를 기점으로 이렇게 빨라질 줄은 몰랐다. 멈춰있는 줄만 알았던 로마는 그 변화를 더 빠르게 받아들이고 있는 듯했다. 밀라노를 비롯한 이탈리아의 북부 도시들은 한국만큼은 아니더라도 빠르게 변화하고 있었지만 로마만큼은 그대로이길 바라는 마음은 욕심인 걸까.

코로나 이후 꼭 9개월 만에 로마를 찾았다. 관광객의 입장으로 내가 로마에 가면 가장 먼저 하는 일은 로마 커피를 마시는 일이다. 이탈리아 커피야 두말할 것도 없지만 에스프레소만큼은 그어느 도시보다 로마가 단연 최고다. 물론 내 입맛에 말이다. 그리고 주요 관광지보다 내가 좋아하는 거리를 걷는다. 마치 안부를 묻는 것처럼 말이다. 코로나 이후에 눈에 띄는 변화는 많은 상점이 문을 닫았고, 마스크 전문점 또는 새로운 업종으로 변경이 되었다는 사실이다. 내가 좋아했던 젤라또 가게도 소품숍도 사라졌다. 이탈리아에서 그토록 뿌리내리기 힘들다고 볼멘소리를 하던 외국의 프랜차이즈 업체들이 줄지어 영업을 준비 중이었다. 로마에서 파이브가이즈 햄버거를 먹는 날이 오다니…. 이렇게 빨리 변화를 시도하자 조금은 배신감마저 들었다. 언제가 될지 모르겠지만 로마에 스타벅스가 들어온다는 소문도 있다. 이제는 스타벅스가 아니더라도 구정물이라는 소리만 듣던 아이스 아메리카노도 어디서든 쉽게 마실 수 있게 되었고, 사람들은 애플리케이션으로 배달도 하고, 주문, 결제도 한다. 아! 그리고 로마에서 삼성 페이도 된다. 손글씨로 대충 갈겨놓은 그 메뉴판이 그리운데 메뉴판은 QR코드로 바뀌었고, 결제는 카드로 하란다. 그 누가 '로마가 멈춰있는 도시'라고 감히 말할 수 있을까?

　로마의 숙소들은 코로나의 영향으로 대부분 문을 닫고 그나마 열린 곳들은 공실률이 높다고 했다. 로마의 중심 테르미니역 바로 앞에 위치한 3성급 호텔을 단돈 40유로(5만 3천 원)에 예약하면서도 처참한 상황을 직접 마주하자 쾌재를 부를 수만은 없었다. 그것도 8월 극성수기에 말이다. 수많은 인파가 몰려 새벽에만 가끔 걷곤 하던 그 길이 이제는 낮에도 사람이 없다. 택시기사들은 줄지어 멍하니 손님을 기다리고 있고, 한국인들에게 유명한 로마 3대 젤라또집의 위엄은 진작에 사라진 듯하다. 이렇게 적막한 로마를 앞으로도 만날 수 있을까? 여행이었지만 마냥 즐거울 수만은 없어 마음이 공허했다. 텅 빈 거리만큼 로마의 하늘은 구름 한 점 없이 푸르기만 하다. 줄 서서 먹던 젤라또, 관광객들에게 휩쓸려 늘 소매치기 걱정을 해야 했던 로마가 그립다.

# 코로나 시대에도
# 예술을 향유하는 삶

처음 파리 루브르 박물관에 갔을 때 아이들이 옹기종기 모여 앉아서 선생님의 지도 아래 그림을 그리거나 자유롭게 수업을 듣는 모습을 보고 부러움을 금치 못했다. 우리가 교과서에서만 보던 작품을 직접 눈으로 보고 배우는 것이다. 한여름 베로나의 오페라 극장에서 '아이다'라는 작품을 관람했을 때는 4시간을 꼼짝없이 작품에만 집중하던 아이의 얼굴을 지금도 잊지 못한다. 어렸을 때부터 예술을 향유하는 그들의 삶은 앞으로 어떻게 흘러갈까. 나중에 내 아이가 생기면 무조건 유럽에서 키워야겠다고 생각했던 순간들이었다. 이 사람들의 다방면에서 두드러지는 미적 감각은 태어나면서부터 자연스럽게 느끼며 향유해 온 예술 관람의 덕이 아닐까 상상해 본다. 한국에서는 미술관이라고는 가까이해본 적도 없던 내가 팔자에도 없는 유럽 생활을 하면서 예술을 향유하는 삶을 만끽하고 있다. 각 도시를 여행할 때마다 마음에 드는 한 군데 이상의 미술관을 방문하면서 좋아하는 작가도 생겼다. 그의 인생에 궁금증도 생기고 각 도시별 작가의 작품, 시대 상황들이 연결되면서 그림이 재미있어지기 시작했다. 그림이 보이면 유럽에서의 삶이 훨씬 풍성해진다. 얕은 지식으로 아주 조금 아는 척할 수 있을 뿐인 나도 이렇게 즐거운데 이곳에서 나고 자라 자연스럽게 예술을 향유해 온 이들은 얼마나 많은 것들이 보일지, 그 확장된 삶의 영역이 부러울 따름이다.

누구나 아름다운 것을 보고 싶은 욕망이 있다. 생존을 위한 필수 조건은 아니지만 예술은 인간의 삶에 깊숙이 녹아들어 있다. 이탈리아 사람들이 얼마나 예술을 사랑하느냐 하면 이탈리아 봉쇄 기간 동안 주요 미술관의 작품들을 홈페이지를 통해 무료로 공개해주었다. 보안의 이유로 공개하지 않았던 미술관의 동선까지도 모두 공개되었다. 심지어 실내 오페라 극장에서는 온라인으로 관객 없이 실시간 공연을 보여주기도 했다. 덕분에 멋진 오케스트라 공연을 집에서 편하게 감상할 수도 있었다.

'코로나 시대에도 그들이 예술을 향유하는 이유가 무엇일까?'

에 대해 생각해본다면 예술은 인간의 삶의 질을 높이고, 과거와 현재 그리고 때로는 미래를 넘나들며 시간의 경계를 뛰어넘는 상상력을 자극하기 때문이다. 또 가지고 있던 편협한 사고의 틀을 스스로 깰 수 있게 도와주기 때문이 아닐까 싶다. 따라서 예술을 거창하게 생각할 필요도 없다. 미술관에서 특정 작가 또는 시대의 그림을 골라볼 필요도 없고, 유명하다는 작품을 보고 억지로 놀라는 척, 감동받은 척을 할 필요도 없다. 그저 기회가 될 때마다 많이 보고 즐기면 자연스럽게 시야가 넓어지고 아는 만큼 보이게 된다. 몰랐던 것들이 보이기 시작하면 취향이라는 것도 생기게 된다.

코로나 이후 거리는 텅텅 비었지만 미술관만큼은 예약을 하지 않으면 입장이 불가능할 정도로 여전히 많은 이들이 찾고 있다. 코로나 이후 달라진 미술관 예약 방법, 인원 제한, 입장료 등의 사항이 궁금해서 우리도 미술관을 찾았다. 미술관 관람을 좋아하는 사람들은 오히려 코로나로 인한 인원 제한이 꽤나 반가운 눈치였다. 사실 코로나 이전에는 단체 관광객들과 개인 여행객들 때문에 제대로 작품을 관람하기가 힘들었기 때문이다. 지금은 인원과 관람 시간을 제한해 두어서 온전히 작품 관람에만 집중할 수 있다는 게 장점이 된 셈이다.

내가 이탈리아에서 미술 관람을 하기 시작한 이유는 교과서에만 나오는 진짜 그림들을 마주하며 느꼈던 감동 때문이다. 시스티나 성당의 미켈란젤로 천장화나 보티첼리가 그린 비너스의 탄생 등 이름만 들으면 알법한 작품들을 두 눈으로 보고 좋아하는 작가를 따라가는 여행을 하면서 현대미술에까지 관심을 가지게 되었다.

현대미술은 난해하지만 어쩐지 다양한 상상력을 자극한다. 베네치아의 페기 구겐하임 미술관의 '빛의 제국'이라는 작품을 보고 첫 번째 결혼기념일의 여행은 주저 없이 벨기에로 떠났다. 르네 마그리트의 작품을 하루종일 넋 놓고 바라보고 싶었기 때문이다. 이렇게 좋아하는 작가의 작품들을 따라 다니면서 나도 예술을 향유하는 삶에 흠뻑 취해 있다. '예술은 어렵다'며 멀어지기에는 너무 아름답고 즐겁다. 마치 언어를 습득하는 것과 비슷한 과정이다. 그것을 즐기게 되면 내 삶은 훨씬 더 풍부해진다.

# 살면서 꼭 한번은
# 가봐야 하는 그곳

처음에 나폴리를 여행한다고 했을 때 "저녁에는 절대 다니지 마라, 마피아들이 득실대는 도시다, 역 근처는 반드시 조심해야 한다" 등등 이탈리아 사람들조차 내게 한 마디씩 훈수를 뒀다. 나폴리는 직접 여행하기 전부터 이런저런 소문들로 나를 긴장하게 만들었지만 나는 나폴리에 꼭 가보고 싶었다. 아니, 그래야만 했다. 내가 이탈리아에 와서 처음으로 접한 이탈리아 소설가인 엘레나 페란테의 『나의 눈부신 친구』라는 작품의 배경으로 등장하는 나폴리의 모습을 꼭 두 눈으로 보고 싶었고 피사의 원조라는 나폴리 피자를 꼭 맛보고 싶었기 때문이다.

직접 만나본 나폴리는 소설 속의 모습처럼 낡았지만 사랑스럽고 인간적이었다. 소설 속의 주인공인 릴리와 레누가 어느 골목에서 튀어나올 것만 같은 느낌에 사로잡혀 나폴리에서도 책을 다시 꺼내 읽게 되었다. 총 4부작인 소설의 뒷내용이 너무 궁금해서 한국어 번역본이 나오기도 전에 이탈리아어 원서를 사서 낑낑거리며 읽었을 만큼 그 책에 그리고 나폴리라는 도시에 빠져 있었다.

무시무시한 소문이 무색하게도 나폴리는 너무나 아름다운 도시였다. 누가 나폴리를 마피아의 고향이라고 했는가? 알고 보니 내게 나폴리는 위험하다고 했던 현지인들 중 대부분은 나폴리에 가본 적이 없었다. 나폴리의 마피아를 소재로 다룬 영화 〈고모라〉를 보면 나폴리를 살인과 마약이 난무하는 극악무도한 범죄 도시로 그렸지만 (사실 내가 그 어두운 나폴리의 모습을 직접 보지 못해서일 수도 있지만) 마피아라 칭할 법한 그 누구도 눈앞에 나타나지 않았고, 그저 키 작고 푸근한 나폴리탄들만이 반겨줄 뿐이었다.

아시아인 여자가 혼자 걸으며 길을 물으면 동네 사람들이 다 쫓아 나와 길을 알려주는 것도 모자라 커피를 공짜로 주기도 한다. 나폴리 물가는 또 어떤가. 혼자서 다 먹지도 못할 크기의 피자 한 판에 4유로(5천 원) 에스프레소는 한 잔에 1유로도 하지 않는다. 커피 하면 또 나폴리를 떠올리게 되는데 '카페 소스페소

(Caffe Sospeso, 맡겨둔 커피)'를 가장 먼저 실천한 도시이기도 하다. 이탈리아에서 커피 한 잔은 식사를 하는 것만큼이나 중요하다. 한국인에게는 커피가 그저 선택이지만, 이탈리아인에겐 인간다운 삶을 위한 필수 요소다. 커피를 마신 사람이 커피 한 잔 값을 더 지불하고 가면 삶이 힘든 누군가가 무료로 커피를 마실 수 있는, 일종의 기부운동이다. 커피를 무료로 마시고 싶은 사람은 카페에 들어가서 "소스페소 커피가 있냐"고 물어보고 있다면 커피 한 잔을 무료로 마실 수 있다. 이렇게 따뜻하고 사랑스러운 생각을 하는 나폴리를 어떻게 동경하지 않을 수 있을까? 나폴리는 위험하다고 말했던 현지인들에게 나폴리는 사랑스러운 도시라고 말하자 의아한 표정을 지었지만 나는 안다. 분명 그들도 나폴리의 바다를, 피자를, 그리고 사람들을, 그 거리를 사랑하게 될 거라는 것을.

남편과 올여름 이탈리아 남부를 여행하면서 나폴리 항구에서 배를 타고 카프리에 가기로 계획했다. 황제들의 휴양지라는 카프리보다 나폴리를 떠나기 싫어서 정말 혼이 났다. 그러곤 여행 마지막 날에 나폴리로 다시 돌아와 나폴리 피자를 맛보고 집으로 돌아왔다. 나폴리에서 피자를 먹고 나면 같은 이탈리아에서도 피자를 먹을 때마다 "이건 진짜 피자가 아니야"라고 말하게 된다. 얇은 도우에 토마토 소스, 바질, 모짜렐라 치즈만 올리는 기본적인 마르게리따 피자도 나폴리 피자는 달라도 한참 다르다. 손으로 반죽한 고소하고 담백한 도우에 고기처럼 토마토 육즙이 가득한 나폴리 피자! 기본 재료만 올라가지만 바로 반죽해서 화덕에 구운 원조 나폴리 피자를 맛보면 누구나 인생 피자로 손꼽을 수밖에 없다. 엄마도 이탈리아 여행 중 나폴리 피자를 그렇게 극찬하시고 한국에서도 나폴리 피자 노래를 부르셨다. 이탈리아 피자는 1인 1판이 기본인데 누구든 고소하고 담백한 피자 한 판은 거뜬히 먹을 수 있다.

나폴리는 살면서 꼭 한번은 가봐야 하는 도시로 손꼽을 만하지만 누구에게나 나폴리가 그토록 사랑스러울 수는 없다는 것도 잘 안다. 같은 장소를 경험해도 여행은 각자의 방식으로 기억되기 때문이다. 나폴리가 세상에서 가장 아름다운 도시는 분명 아니다. 단언컨대, 거친 듯 다정하고 가난한 것 같은데 풍요롭고 웅장한 이런 도시는 어디에서도 만날 수 없을 것이다.

# 친구 찾아
# 수다 삼매경

이탈리아에 전국 봉쇄령이 내려진 이후 거의 매일, 24시간을 붙어있던 우리 부부에게 오래간만에 꽉 찬 이틀간의 각자 자유시간이 생겼다. 봉쇄 완화 이후 남편은 이탈리아에 남아 버티고 있는 회사 동료들과 회포를 풀 참이고, 나는 뭘 할까 고민하다가 트리에스테(Triests)에 가기로 했다. 트리에스테는 이탈리아 북동부 프리울리 베네치아 줄리아(Friuli-Venezia-Giulia)주의 주도이며, 슬로베니아(Slovenia)와 약 10km 떨어진 국경도시다. 일리(illy) 커피의 본고장인 만큼 커피 산업이 발달해 있고, 항구도시로도 유명하다. 나는 슬로베니아 피란(Piran) 마을에 갈 때 거쳐 가는 도시로 한 번, 2018 바르콜라나

(Barcolana, 세계에서 가장 큰 요트대회) 때 또 한 번 가봤는데, 바르콜라나 대회 때 푸른빛 바다에 하얀 요트들이 수도 없이 떠 있는 모습이 너무 아름다워서 늘 마음속에 품고 있던 곳이었다.

내가 트리에스테에 가기로 한 건 이탈리아에서 거의 유일에 가까운 동갑내기 한국인 친구를 만나기 위해서였다. 그녀는 늘 고향으로 돌아가고 싶어 하는 시칠리아 남자와 결혼하고 한국과 베트남, 베네치아를 거쳐 트리에스테에 정착한 범상치 않은 이력의 소유자다. 그녀가 베네치아에 잠시 살았을 때 블로그를 통해 알게 되어 마음을 나누는 사이가 되었다. 사실 온라인을 통해 만나는 인연들은 길게 그리고 깊게 이어지기가 힘들다고 생각했는데 이렇게 좋은 인연들도 가끔 맺어지는 걸 보면서 또 SNS를 지속해야만 하는 이유를 찾는다.

우리는 나이도 같고, 이름도 비슷하고, 심지어 같은 사투리를 이탈리아에서 침 튀기며 말할 수 있어서 더욱더 빠르게 친해졌다. 이탈리아의 야외 바(Bar)에 앉아서 아무도 알아듣지 못하는 구수한 사투리로 한바탕 수다를 떠는 그 희열이란 말도 못 하게 즐거운 일이다. 그것도 마음 맞는 친구와 말이다. 그녀를 처음 만났을 때 그녀는 임신 중이었는데 딸아이가 벌써 두 돌이 지났고 한국말과 이탈리아 말을 번갈아가며 하는 그 아이를 나는 늘 신기한 눈으로 바라보곤 했다. 그녀를 통해서 이탈리아에서의 출산 육아까지 미리 간접적으로 경험해보게 되었다. 특히 육아의 고충을 옆에서 지켜보며 '내가 과연 엄마가 될 수 있을까?' 지레 겁이 나기도 했지만 씩씩하게 잘 헤쳐나가는 그녀를 보면서 대견스럽기도 했고 나이는 같지만 '역시 엄마는 대단하구나' 존경심마저 생기게 되었다. 시칠리아 시댁을 둔 덕분에 수준급 요리 실력으로 나에게 많은 이탈리아 요리들을 가르쳐 주기도 했다. 언니이자 친구 같기도 한 그녀가 다른 도시로 이사를 가게 되자 많이 아쉬웠지만 다른 많은 스쳐 지나간 인연들처럼 아프지 않았다. 우리는 분명 다시 만나 여느 때처럼 목이 터져라 수다를 떨 테니까 말이다.

그리고 드디어 그날이 왔다. 가까이 살았으면 참 좋았겠다 싶지만 그래도 같은 이탈리아 땅에서 그것도 온라인을 통해 마음을 나눌 수 있는 친구를 만나는 것이 얼마나 감사한 일인지 잘 알고 있기 때문에 왕복 4시간의 거리가 멀지 않게 느껴졌다. 성인이 되어서 그것도 해외에서 비슷한 고민을 함께 공유하고 진심으로 위로해 줄 사람을 만난다는 것은 특히 더 쉽지 않은 일이다. 안 그래도 좁은 사회에서 비슷한 업종의 일을 하는 사람들과는 조심스러워 일상적인 이야기 그 이상도 이하도 나누지 않게 된 지 오래다. 현지인들과는 100% 의사소통이 되지 않기에 마음을 나누기가 어렵고, 한국에 있는 예전 친구들과는 공감대가 점점

사라지고 있었다.

　트리에스테에서 한정된 시간 동안 그 친구와 얼마나 오랜만에 즐겁게 수다를 떨었는지 모른다. 많은 사람이 조국으로, 고향으로 돌아갔지만 우리는 이곳에 남아서 함께 그 이야기를 나눌 수 있다는 것만으로도, 야외 테이블에 다시 앉을 수 있게 되었다는 것만으로도 감회가 새로웠다. 우리가 떨어져 있던 그 시간 동안 딸아이는 제법 어린이가 되어 그 조그만 입으로 나를 "혜지 이모"라고 불러 주었다. 아이를 기르는 친구는 나보다 곱절은 힘들었을 테디. 그런데 친구는 오히려 아이 덕분에 힘을 낼 수 있었다고 했다.

여자는 나이가 들수록 돈과 마음 맞는 친구가 있어야 한다는 우스갯소리를 들은 적이 있는데 내가 이탈리아에 사는 동안 앞으로 몇 명이나 더 마음 맞는 친구를 만날 수 있을까 문득 궁금해졌다. 그녀와의 만남을 뒤로하고 집으로 오는 길, 찍은 영상들을 보는데 내가 얼마나 기분이 좋았는지 한껏 올라가 있는 입꼬리와 흥분된 목소리만 들어도 충분히 느낄 수 있었다. 관계를 유지하는 것이 버거워 자발적인 왕따로 사는 게 편하다며 관계 맺기를 멀리하고 살았는데 남편 이외의 좋은 사람과의 만남이 이렇게 나에게 큰 에너지를 줄 수 있는지 오랜만에 깨달은 짧은 여행이었다. 고로 나는 자주 자유부인이 되고 싶다.

# 이탈리아
# 여행이 가능한가요?

"언제쯤 여행이 가능해질까요? 지금 이탈리아 여행 가능한가요?"

우리가 요즘 가장 많이 받는 질문이다. 현지에 살고 있기 때문에 묻는다는 것은 알지만 지금으로서는 누구도 확실한 답을 줄 수 없다. 현실적으로 해외입국자 자가격리가 해제되어야 하고, 집단 면역이 형성되어야 자유로운 해외여행이 가능해지지 않을까 조심스럽게 예측해 볼 뿐이다. 무엇보다 개인의 만족을 위해 타인에게 피해를 주는 일은 절대 있어서는 안 되는 시기이다. 엄마가 아픈 상황에서 니가 섣불리 한국에 살 수 없었던 가장 큰 이유가 바로 '자가격리 14일'이라는 허들 때문이었다. 한국과 이탈리아 양국에서의 자가격리로 한 달여의 시간을 보내야 한다는 생각에 한번 마음을 크게 먹었다가도 내려놓기를 반복했다. 여행자 입장이라면 14일의 자가격리가 존재하는 한 여행을 마음먹기가 현실적으로 불가능에 가까울 것이다. 나도 언제쯤 예전처럼 자유롭게 여행을 할 수 있을지 정말 궁금하다. 팬데믹을 겪고 보니 가고 싶을 때 가고, 보고 싶을 때 볼 수 있던 평범한 일상이 얼마나 큰 행복이었나 싶다.

유럽 일부 국가들은 코로나 사태로 가라앉은 경기 부양을 위해 7월 1일부터 EU를 비롯한 비EU 일부 국가의 입국을 허용했고, 각 나라별 수칙을 지키면 허용 국가 간의 이동은 가능해졌다. 생각해보면 항공 교통의 발전은 범세계화를 촉진시킴과 동시에 바이러스도 더 빨리 침입하게 만들었다. 빠르고 편안하고 효율적인 바이러스 수송의 역할을 한 것이다. 국가 간의 입국 허용을 발표하면서 이탈리아 총리는 코로나 바이러스와의 공존을 함께 선언했다. 락다운 이후 100명대의 확진자를 유지하던 이탈리아가 여름 휴가철인 지금은 하루에 400명 이상의 확진자가 발생하고 있다. 이미 우리 모두 예상했던 결과다. 아마 여름 휴가철이 지나면 2차 확산을 대비해야 할지도 모른다고 경고했지만 사람들은 오랜만에 맛본 자유를 전염병에 대한 위험과 맞바꾸지 않았다. 백신이 개발되면 과연 이 문제는 종결되는 것일까?

여행의 맛을 알아버리고 난 후 틈만 나면 여행을 했다. 이탈리아에 살면서도 여행보다 집에서 쉬는 것을 선호하던 내가 남편을 만나고 마치 극기훈련 같은 여행을 시작한 것이다. 나는 여유로운 여행을 원했고, 남편은 정보 수집과 가이드로서의 경험을 원했기 때문에 우리의 여행 스타일은 확연히 달랐다. 그래서 늘 여행 막바지에는 "다시는 당신이랑 여행 가지 않겠다!"고 선언하지만 결국에는 또 남편과 여행계획을 세우곤 했다. "명품가방 살래? 여행할래?"라고 누가 묻는다면 나는 주저 없이 "여행!"이라고 답할 것이다.

여행을 그렇게 좋아하던 우리는 락다운을 겪으면서 난관에 봉착하게 되었다. 까짓것 돈이 없고 시간이 없어도 우리가 사는 곳이 이탈리아이니 지천에 흩어진 사물들만 들여다보고 있어도 삶이 여행 그 자체였는데, 집밖에 한 발짝도 나가지 못하게 하니 숨이 턱턱 막힐 지경이었다. 심지어 4~5월은 자제력을 잃을 정도의 날씨가 매일 지속되었는데도 꼼짝없이 갇혀 있을 수밖에 없었다. 그 기간 동안 락다운이 해제되면 어디로 여행을 갈지 남편과 리스트를 작성하면서 시간을 보냈는데 마치 한국에 가기 일주일 전부터 먹고 싶은 음식 리스트를 적는 것처럼 설렜다.

드디어 봉쇄령이 해제되고, 지역 간의 이동이 가능해지자 계획을 실행으로 옮겼다. 그때부터는 직감적으로 여행이 언제든 가능하지 않을 수 있겠다는 생각에 리스트를 하나씩 삭제해가며 목표 달성하듯이 여행을 했다. 물론 코로나 상황이 아직 완전히 끝나지 않았기 때문에 지역별로 확진자 상태를 확인하고 확진자가 적은 도시 위주로만 계획했다. 이탈리아 정부에서도 지역경제 발전을 위해 여름 휴가철 호텔 비용을 지원해주는 사업을 실시하기도 했다. 그렇게 9월 돌로미티 여행을 마지막으로 우리가 예상했던 것처럼 다시 여행을 멈춰야겠다 싶은 순간이 빠르게 다가오는데, 일일 확진자가 3,000명을 넘어가던 때였다.

10월 중순에 가려고 했던 18박 19일 일정의 시칠리아행 비행기표를 취소하게 된 것이다. 초특가 왕복 10유로의 비행 티켓이었다. 다행히 다른 예약은 전혀 하지 않아서 비행기 값만 포기하면 되었지만 언제 또 이런 기회가 있을까 싶어 못내 아쉬웠다. 올초 예약해 두었던 여행을 취소했을 사람들의 상실감을 조금은 이해할 수 있었다. 여행이 멈춘 시기에도 나는 많은 것을 누렸지만 오랫동안 준비했을 여행을 포기하기란 정말 쉽지 않았을 것이다. 2020년 10월 8일 이탈리아의 일일 확진자는 순식간에 4,500여 명에 달했다. 다시 락다운에 돌입해도 전혀 이상할 것이 없었지만 어쩐 일인지 이탈리아 정부는 코로나와의 공존을 선언하며 야외에서도 마스크를 착용해야 하고 미착용 시 벌금을 부과하겠다는 입장만을 내놓았다.

세상이 정말이지 한 치 앞도 알 수 없는 상황의 연속이었다. 비행기 티켓을 취소할 당시에는 매우 심란했지만 현재 상황으로 보면 취소하기를 잘했다는 생각이 든다. 하루 4,000명의 확진자가 발생하고 열흘 만에 일일 확진자 수 2만 명을 돌파하며 강경한 정책을 시행하려는 정부와 락다운만은 막으려는 시민들의 충돌이 이어지고 있다. 이탈리아가 첫 번째 락다운에 돌입했을 때 확진자 숫자가 불과 2,000명이었던 것을 감안하면 10배가 넘는 숫자다. 여행보다 이제는 우리의 안전을 생각해야 할 때이다. 여행은 건강하기만 하면 언제든 할 수 있기 때문이다.

다시금 반복되는 상황들 속에서 우리는 과연 언제까지 이곳에서의 삶을 지속할 수 있을지 고민과 걱정은 더 깊은 늪 속으로 빠져들어 가고 있다. 우리는 다시 선택의 기로에 서 있다.

# 우리의 삶은
# 계속되어야만 한다

　　　　　　　　　　남편과 오랜만에 베네치아 부라노
섬 산책을 다녀왔다. 지난 5월 락다운이 해제된 직후에 다녀온 부
라노섬은 집집마다 칠해놓은 페인트 색이 다 벗겨지고, 너무 고
요한 나머지 '사람이 살고 있기는 할까?' 싶을 정도로 적막했다.
엄청난 관광객으로부터 해방된 그곳을 보고 처음엔 경이로웠다
가 예전의 모습으로 다시 돌아오지 않으면 어쩌나 금방 불안감
을 느낄 수밖에 없었다. 그러나 걱정했던 것과는 달리 오늘의 부
라노는 예전처럼 활기를 되찾은 모습이다. 관광객은 다시 북적이
고, 식당들은 야외 테이블에 앉을 자리가 없을 정도로 만석에다,
상점들은 여느 때처럼 유쾌하게 손님을 맞이하고 있었다. 여전히

문을 열지 않은 곳도, 새로운 가게가 들어선 곳도 많았지만 주민들은 언제 코로나가 있었냐는 듯 일상으로 돌아간 모습이었다. 관광객 때문에 못 살겠다던 부라노 주민들도 다시 돌아온 관광객들이 제법 반가운 눈치다.

9월의 초입인데도 햇살은 뜨겁지만 선선한 바람이 불어와 기분 좋은 초가을의 느낌이 들었다. 아낙들은 집집마다 묵은 빨래를 털어 널고, 남편들은 아침부터 스프리츠(Spritz, 식전 주)를 마시거나 물고기를 낚는다. 여느 시골 어촌의 모습이다. 누군가는 새로운 생명의 탄생을 대문 앞에 걸어두며 모두에게 축하를 받고(이탈리아에서는 아기가 태어나면 집 앞에 핑크색 또는 파란색 리본을 달아둔다.) 누군가는 부고를 전한다. 또 누군가는 인생의 동반자를 만나 결혼을 한다. 오늘 부라노섬 초입부터 하얀색 리본이 걸려 있기에 누군가 결혼을 하는 건 아닌가 싶었는데 아니나 다를까 오늘은 부라노섬에서 기념품 가게를 운영하는 실비아(Silvia)가 쟌루카(Gianluca)와 결혼을 하는 날이었다. 동네 사람들뿐만 아니라 관광객들도 모두 알 수 있도록 작은 섬마을 전체를 그들의 결혼 소식으로 도배해두었다. 코로나 시대에 탄생하는 한 쌍의 부부를 진심으로 축복하며 우리 모두가 그들의 삶에서 가장 행복했을 순간을 함께 나누었다.

세계적인 전염병의 상황 속에서도 우리는 삶에서 가장 기쁘고 슬픈 순간들을 그렇게 맞이한다. 나도 코로나로 할머니를 허무하게 잃었고, 마지막 순간을 함께하지도 못했다. 슬퍼할 겨를도 없이 나도 직격탄을 맞았다. 코로나의 상황을 아무렇지도 않게 이야기하게 될 순간이 오면 나는 코로나를 어떻게 기억하게 될까? 잃은 것과 되찾은 것의 무게가 동등해져 상처만 남아있지 않기를 바랄 뿐이다. 문득 할머니의 마지막 모습이 궁금해진다. 이 세상을 원망하며 떠나셨을까, 이제 살 만큼 살았다며 후련하게 마음을 내려놓으셨을까. 작년 이맘때쯤 동생의 결혼식으로 한국에 갔을 때 마지막으로 할머니를 요양원에서 찾아뵈었다. 할머니는 내 이름을 기억하지도 못하셨지만 내가 간다고 하자 야윈 손으로 나를 붙잡으며 눈물을 터뜨리셨다. 어쩌면 마지막일지도 모른다는 생각에 할머니와 마지막으로 사진을 찍었는데 그게 진짜 마지막이 되었고, 장례식장에도 참석할 수가 없었다.

2020년 코로나를 겪으며 특히 이탈리아에서 하루가 다르게 죽어가는 사람들을 뉴스로 보면서 삶을 지속한다는 것이 무의미하게 느껴지기도 했다. 그러나 그럼에도 불구하고 우리의 삶은 지속되어 왔고 앞으로도 지속되어야만 한다. 요즘 나는 기도를 할 때 일상으로 돌아와 삶을 지속할 수 있음에 대한 감사를 먼저 고백한다. 여태껏 일상생활이 이토록 중요한 의미로 다가온 적은 없었다. 그다음으로 엄마를 위한 기도와 우리 모두를 위한 기도를 하는데 스스로가 온전치 못한 존재임을 느낄 때 기도를 하는 것은 큰 위안이 되는 것 같다.

전염의 시대가 우리가 누리던 모든 당연한 것들을 앗아가자 이탈리아의 아름다움은 그 어떤 위안도 주지 못했다. 대부분의 일상을 되찾았지만 여전히 우리는 불안한 마음을 감출 수 없다. 코로나 이전의 전염병들이 그래왔듯이 우리는 암묵적으로 다음 파동을 준비하고 있기 때문이다. 길어져 가는 코로나 상황 속에서 지치지 않았다고 하면 분명 거짓말일 것이다. 우리의 일상을 완전히 잃었고, 구독자 수와 조회 수에 연연하는 것만큼 감염자,

완치자, 사망자의 숫자를 매일 같이 카운트하고, 우리가 단념한 것들을 세며 살아간다. 오늘은 며칠째인지 앞으로 며칠이 지속될지 희망과 절망 속에서 아무것도 하지 않을 수 없는 하루를 보낸다. 그러나 사람들은 절망 속에서도 의미를 찾으려 노력할 것이다. 정상적인 일상과 우리에게 허락되었던 당연한 것들이 언제든 사라질 수 있다는 걸 깨달았기 때문이다.

# 엄마의 장례식에서
# 나는 억지로 울었다

.

2020년 10월 22일, 엄마는 결국 나를 기다려주지 않으셨다.

안개가 자욱하던 어느 날 아침, 동생으로부터 청천벽력같은 소식을 전해 들었다. 아프시긴 했지만 이렇게 갑자기 가실 거라고는 상상도 못 했다. 소식을 전해 듣자마자 엄마와의 마지막 통화가 떠올라 가슴이 미어지다 못해 심장이 터질 것만 같았다. 코로나 핑계로 아픈 엄마를 만나러 가지 못한 내 자신을 원망할 겨를도 없이 엄마의 사망진단서를 확인하고 대사관에 문의하여 자가격리 면제서를 요청한 후 이탈리아에서 당일 저녁에 출발하는 비행기표를 예매했다. 운이 좋으면 발인 전까지는 도착할 수 있을 것 같았다. 당일 출발하는 터키항공을 타고 인천공항에 도착해보니 우리는 해외입국자 그중에서도 인도적 차원의 자가격리 면제 대상자로 분류되어 있었다. 공항에서 코로나 검사를 진행한 후 7시간 대기와 또 4시간 동안 방역택시를 타고 발인 당일 새벽이 되어서야 겨우 엄마의 장례식에 도착할 수 있었다. 30시간을 달려오면서 먹지도 자지도 않았는데 인간의 기본적인 욕구마저 잊게 만드는 그야말로 반쯤 넋이 나간 상태였다. 고맙게도 남편이 묵묵하게 그리고 이성적인 판단으로 옆을 지켜주고 절차를 진행해 주어서 엄마를 만나러 오는 그 시간을 잘 버틸 수 있었다.

누구나 한 번은 겪는다는 부모상이지만 내가 그 일을 겪으니 완전히 이성을 잃을 수밖에 없었다. 도착해서 상복으로 갈아입고도 코로나 때문에 썰렁한 장례식장이 쓸쓸하게 느껴질 뿐 엄마가 세상에 없다는 사실이 도저히 믿겨지지 않아 나는 억지로 눈물을 쏟아내기 위해 흐느끼고 있었다. 억지로 울고 있다는 사실을 들킬까 봐 더 격하게 목놓아 울었던 것 같다. 배우자를 잃은 슬픔을 나는 감히 상상해 보려고도 하지 않았지만, 부모를 잃은 슬픔보다 곱절은 고될 것이라고 아버지의 공허한 눈빛에서 짐작만 할 뿐이었다. 내가 도착하자마자 친척들이 하나둘 도착했고, 위로의 인사말을 건네주었다.

의식적으로 행해지는 장례 절차를 마치고, 장례비 계산을 한

후 화장터로 향했다. 이제는 엄마와 진짜 마지막 인사를 나눠야 했다. 엄마가 따뜻한 한 줌의 재가 되어 내 품으로 왔고 점점 식어갔다. 마침내는 차가운 땅속에 영원히 잠드셨다. 엄마를 보내고 집으로 돌아와 보니 사방에 흩어진 약봉지며 힘겨운 항암치료의 흔적들이 집안 곳곳에 남아있었다. 어떻게든 살아보고자 발버둥을 쳤을 엄마가 떠올라 그때야 어쩔 줄을 몰랐다. 특히 화장실에서 엄마의 마지막 흔적을 지우면서 소리 없는 눈물을 삼켰는데 비록 엄마의 마지막 모습은 볼 수 없었지만, 엄마의 마지막 흔적을 내 손으로 정리할 수 있어서 감사했다.

끝까지 자식 생각만 하다 가신 우리 엄마. 엄마의 흔적들을 정리할수록 엄마의 추억은 더욱 또렷해졌다. 장례식장에서는 억지로 울었지만 진짜 눈물은 뒤늦게야 터져 나왔다. 잠들 때, 밥을 먹다가 또는 그냥 멍하니 있다가도 눈물이 하염없이 쏟아져서 멈출 줄을 몰랐다. 지하철이나 버스에서도 때와 장소를 가리지 않고 눈물이 나는 바람에 옆에 있던 남편이 참 많이 난감해했다.

울 수 있을 때 실컷 울고, 마음껏 슬퍼하기로 했다. 이 감정도 언젠가 무뎌질 테니까. 나처럼 아버지도 가끔 얼굴이 울긋불긋하실 때가 있다. 그럴 땐 아무것도 묻지 않고 조용히 우리 집 강아지 똘이를 아버지 무릎에 앉혀 드린다. 어머니가 돌아가시고 함께하게 된 강아지에게 우리 가족이 위로를 많이 받았다. 이 작고

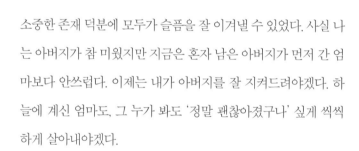

소중한 존재 덕분에 모두가 슬픔을 잘 이겨낼 수 있었다. 사실 나는 아버지가 참 미웠지만 지금은 혼자 남은 아버지가 먼저 간 엄마보다 안쓰럽다. 이제는 내가 아버지를 잘 지켜드려야겠다. 하늘에 계신 엄마도, 그 누가 봐도 '정말 괜찮아졌구나' 싶게 씩씩하게 살아내야겠다.

# 베네치아를 200%
# 즐기는 법

*Venice*

코로나가 끝나면 베네치아부터

남편과 나는 도시의 야경보다 새벽을 좋아한다. 아무리 관광객들로 북적이는 성수기의 관광지라도 새벽은 그 도시의 민낯을 마주하기에 가장 좋은 시간이기 때문이다. 물의 도시 베네치아는 도시의 초입부인 로마광장(Piazzale Roma)까지만 자동차나 버스가 허용되고, 관광지로 불리는 본섬 안에 바퀴로 움직이는 운송수단이라고는 유모차와 끌 것을 제외하고는 모두 금지다(어길 시 벌금이 부과된다. 단, 리도섬은 대중교통과 자동차가 허용된다).

물의 도시답게 운송수단은 모두 배로 운영되는데 대중교통인 버스 택시는 물론이고, 생활 전반에 필요한 쓰레기차, 응급차, 경찰차, 장례식차, 택배차, 심지어 소방차까지 모두 배다. 새벽에 관광객들이 없는 틈을 타 도시는 더 바쁘게 움직이는데, 슈퍼마켓이나 레스토랑은 필요한 재료들을 배로 운반하여 필요한 수량만큼 부지런히 채우고, 쓰레기차도 쓰레기를 수거하러 다니느라 분주한 모습이다. 모든 운송수단이 배이고, 목적지까지의 좁은 골목은 사람 손을 이용해 운반해야 하기 때문에 베네치아의 물가가 다른 도시에 비해 비싼 것은 어느 정도 감안해야 할 것이다.

베네치아는 1년에 3,000만 명의 관광객이 방문하는 세계에서 가장 매력적인 관광도시인 만큼 성수기에는 좁은 골목길을 사람들 틈에 휩쓸려 다녀야 하거나, 수상버스를 몇 번이고 놓치는 일이 빈번한데 새벽이라면 그럴 필요가 없다. 새벽에는 수상버스를 타지 않고 걸어서 섬 한 바퀴를 산책해봐도 좋다. 여행객들에게 새벽 투어가 좋은 점 중 하나는 하루를 알차게 보낼 수 있기 때문이다. 베네치아에서는 보통 하루나 이틀을 머무는데, 체력이 허락한다면 새벽 베네치아 투어 후 오후 일정은 부라노나 무라노 등 베네치아에서 가장 유명한 근교의 섬으로 갈 수도 있어서 하루를 길게 쓸 수 있다.

베네치아 생활에서 우리에게 다리가 되어주는 대중교통은 '바포레토(Vaporetto)'라 불리는 수상버스다. 이탈리아 도시의 버스들 중 가장 비싼 버스비를 자랑한다(1회권 7.5유로, 약 1만 원). 상하행선에만 익숙한 한국 사람들에게 베네치아의 암호같은 수상 버스 노선이 익숙해지는 데까지는 시간이 걸린다. 그러나 사람이 몰리지 않는 새벽에는 버스보다 걷는 것이 더 빠를 수도 있겠다. 계절이나 상황에 따라서 또는 안개가 끼면 노선이나 시간이 변경되기도 한다.

현지인의 입장에서 봤을 때도 베네치아 여행은 고급자 코스에 속한다고 할 수 있는데, 버스를 타고 내리는 것 자체가 쉽지 않기 때문이다. 심지어 버스 내부에는 정류장을 알리는 안내음도 없다. 그저 문을 열고 닫아주는 직원의 목청에 귀 기울이는 수밖에 없다. 아직까지 많은 부분이 아날로그다. 물론 나는 그 아날로그를 사랑한다.

모든 관광객의 사진 포인트인 리알토(Rialto) 다리는 평소 독사진을 찍기 힘든 곳이지만 새벽이라면 혼자 전세를 낸 듯이 여유롭게 사진을 찍을 수 있다. 사진 찍는 것을 좋아하는 사람이라면 베네치

아는 무조건 새벽이다. 새벽의 수상버스에는 현지 주민들만이 일상적인 이야기를 나눈다. 그들의 하루 속으로 자연스럽게 스며드는 느낌이 든다. 이탈리아 사람들도 아침을 일찍 시작하는 편인데 아침 7시만 되면 대부분의 바들도 문을 열기 때문에 이탈리아식 아침 식사도 여유롭게 할 수 있다.

여름철에는 특히나 해가 길고 아침 10시만 되어도 뜨겁기 때문에 새벽 투어를 하고 한낮에 해가 강할 때는 조금 쉬어가면서 체력을 보충해도 좋을 것 같다. 특별한 목적 없이 아침 일찍 눈곱을 떼고 새벽을 만나러 나오는 것이 쉽지는 않은 일이지만, 이렇게 일찍 일과를 시작하고 열심히 살아나가는 도시와 사람들을 보면서 요즘 들어 나태해진 나도 자극을 받는다. 특히 무더운 여름철이나 겨울철 침대에서 벗어나기 싫을 때 억지로라도 몸을 일으켜 한 바퀴 동네 산책을 하고 나면 시간을 버는 느낌이 든다. 나에게 새벽은 엄청난 자극이 되는 단어다. 항상 바쁜 여행자 입장에서 도시의 새벽을 만나기란 쉽지 않다는 것을 잘 알고 있다. 그러나 그 쉽지 않은 일을 해냈을 때 특히 베네치아의 새벽을 만나면 분명 이 도시의 새로운 매력을 발견할 수 있을 것이다.

# 베네치아에는
# 물에 잠기는 서점이 있다

**Libreria Acqua Alta**
Calle Lunga Santa Maria Formosa,
5176b, 30122 Venezia VE

처음에 이 서점을 찾느라 진땀을 좀 뺐다. 미로 같은 골목을 빠져나와 한참 길을 헤매다 입구에 모여있는 사람들 덕분에 겨우 찾게 되었다. 비밀스럽지만 세상에서 가장 아름다운 서점 '아쿠아 알타(Libreria Acqua Alta)'는 늦가을에서 초겨울 바닷물의 역류로 물이 차오르는 현상을 뜻한다. 매년 아쿠아 알타(Acqua Alta-만조)로 베네치아는 몸살을 앓고 있으며 역류 현상을 막기 위해 모세 프로젝트를 시행 중이다. 이토록 침수가 자주 발생하는 곳에 서점이라니…. 주인장의 역발상이 돋보인다. 이곳은 베네치아를 방문하는 관광객이라면 누구나 찾는 산마르코 광장 또는 리알토 다리에서 도보로 10분 정도 거리에 있다.

그러나 내가 지금 소개하고자 하는 아쿠아 알타 서점이야말로 베네치아를 방문하는 사람이라면 꼭 가봐야 할 장소라고 말하고 싶다. 물에 잠기는 서점이라니 말만 들어도 이상하다. 외관상으로 봤을 땐 평범한 서점이지만 내부로 들어가면 서점 주인 루이지(Luigi)와 그의 고양이, 그리고 베네치아를 상징하는 곤돌라, 무심한 듯 쌓여있는 책들이 눈에 들어온다. 베네치아는 아쿠아 알타가 일어나면 집이나 가게 등으로 물이 차올라오기 때문에 사람이 살기에도 좋은 조건은 아니다. 특히나 서점을 운영하기에는 더더욱 불리하다고 할 수 있다. 그래서 이 서점의 책들은 모두 물에 젖지 않도록 곤돌라 모양의 배나, 욕조 등에 무심하게 툭 걸쳐져 있거나(팔려는 생각이 있는 건지 없는 건지 싶게), 모두 땅에서 15cm 이상 떨어진 상태로 진열되어 있다.

서점을 구경하는 것은 무료이며, 판매하는 책은 중고 또는 새 책뿐만 아니라 시중에 판매되지 않는 한정판이나 절판된 귀한 책, 고서적 등이 있다. 입구에 들어서면 쿰쿰한 오래된 책 냄새가 가득하다. 대부분은 새 책이라고 하지만 서점의 분위기 때문인지 빛바랜 오래된 책처럼 느껴진다. 겨울철마다 물에 잠기는 서점을 관리하기란 여간 쉬운 일이 아닐 테다. 서점에 갈 때마다 느끼는 거지만 이탈리아어 책을 한국어 읽듯이 술술 읽을 수만 있다면 참 좋았겠다 싶다. 요즘은 많은 사람이 전자책(e-book)을 읽는 추세라 해도 나는 아직까지 종이책이 좋다.

베네치아에 왔으면 곤돌라를 타야 정석이지만, 가격 때문에 망설여지셨던 분들은 아쿠아 알타 서점에서 체험해봐도 좋겠다. 관광객들을 위해서 실제로 곤돌라가 밖에 묶여 있다(단, 인증샷을 찍기 위해서는 오랜 시간을 기다려야 할 수도 있다). 베네치아의 감성이 그대로 묻어난다. 아쿠아 알타 서점 안에 있으면 마치 다른 세상에 들어온 기분마저 든다.

나는 사람들이 베네치아를 짧게 방문하는 점이 참 안타깝다. 베네치아는 하루 이틀이면 된다는 글을 많이 봤는데, 사람들에게 베네치아의 무궁무진한 매력을 많이 알려주고 싶다. 사실 여행하기에 그리 좋은 조건은 아닐 수 있다. 좁은 섬 안에 백여 개가 넘는 다리를 캐리어를 끌고 건너야 하고, 살인적인 물가에 매년 수많은 인파가 몰려드는 그야말로 관광도시이기 때문이다. 그러나 그 북적이는 골목을 하나만 벗어나면 마법처럼 또 다른 세상이 나타나는데 나도 이제 3년을 조금 넘게 살아본 새내기 입주민이지만 사람들에게서 "베네치아는 일주일을 있어도 모자라, 또 오고 싶다"는 말을 들으면 정말 뿌듯하다. 아마 이 코딱지만 한 도시에 단단히 콩깍지가 씐 게 분명하다.

# 현지인이 추천하는
# 실패 없는 맛집

**Nevodi**
via Giuseppe Garibaldi, 1788,
30122 Venezia

맛집 추천은 정말 어렵다. 특히 베네치아는 관광지 물가라 비싸고, 현지인들에게 전해 들은 맛집은 관광객들이 주로 다니는 동선에서 멀리 벗어나 있는데다 가격대나 분위기, 개인의 취향 등 고려해야 할 사항들이 많기 때문이다. 나조차도 물가가 비싼 베네치아에서 식사를 해본 것이 손에 꼽을 정도이니 맛집 추천을 해달라는 말에는 나도 구글 평점에 의존해 대답할 수밖에 없었음을 고백한다. 네보디(Nevodi)를 만나기 전까지는 말이다.

나는 원래 어딜 가든 한 가게만 파는 충성고객 기질이 있다. 나 같은 충성고객 50명만 있어도 장사는 문제없지 싶을 정도로 나는 고집스럽게 내가 아는 집만 오랫동안 다닌다. 그 음식과 사람이 익숙하기도 하고, 다른 집에서 혹시나 실패할까 싶은 두려움도 컸기 때문이었다. 한국에도 내가 자주 다니는 충성 맛집들이 있듯, 베네치아에는 네보디가 있다.

이곳을 언제부터 다니기 시작했는지는 잘 기억이 나지 않지만, 현지인의 적극적인 추천으로 알게 되었다. 처음 두 번은 갔다가 자리가 없어 허탕을 치고 다음부터는 12시에 오픈하면 11시 30분부터 기다리고 있다가 첫 손님으로 가서 먹는다. 네보디는 사전 예약도 안 받아주고, 테이블도 몇 개 없지만 내어놓는 음식의 재료나 맛, 플레이팅이 완벽하다. 음식에 대한 자부심이 있을 만하다. 물론 주인 할아버지도 인자하다. 베네치아의 해산물 요

리가 솔직히 말해 가격이나 퀄리티 면에서 이탈리아 남부의 그
것과는 비할 바가 못 되지만 베네치아에서 네보디만큼 감탄을 자
아내는 해산물 튀김은 지금까지 어디에서도 보지 못했다. 내가
음식에 대해서 전문가는 아니지만 언제 어느 누구를 데리고 가
도 실패 없는 소중한 맛집이다. 그날의 특선 요리나 계절에 따라
메뉴가 바뀌기도 하고, 내가 먹어본 대부분의 메뉴가 좋았다. 베
네치아에서 지금까지는 유일에 가까운 나에게 든든한 보석 같은
맛집이다. 베네치아에서 바가지 없고, 실패 없는 맛집을 찾는다
면 나는 주저 없이 네보디를 추천하고 싶다.

# 특별한 기념품을 찾는다면, 단연 유리공예품

## Pantalon47
Salizada San Pantalon,
47a, 30135 Venezia VE

물의 도시 베네치아, 이곳에 또 하나의 명성을 더하고 있는 것이 바로 '유리'이다. 유리공예가 발달했던 베네치아는 도시를 연기와 화재로부터 보호하기 위해 1291년 모든 유리 공장을 무라노섬으로 옮겼는데 정교한 유리 기술을 지키기 위한 방편이기도 했다. 무라노섬은 지금도 유럽에서 가장 아름다운 유리 공예품을 만들어내고 있으며 그 역사는 무라노 유리 박물관에서 자세히 살펴볼 수 있다. 유리 공예하는 모습은 소규모 공방에서 일정 금액을 지불하고 관람할 수 있다. 대부분 수작업으로 만들어지며, 대를 이어 기술을 전수 받은 장인들에 의해 탄생하기 때문에 몸값이 비싼 편이다.

공예품 만드는 모습을 직접 보거나 제품 구매를 위해서는 무

라노섬에 직접 유리공방에 방문하는 것이 가장 좋지만 일정이 빠듯하다면 베네치아 본섬 라우라(Laura), 판타론47(Pantalon47)을 추천한다. 나도 길을 걷다가 우연히 심상치 않은 공예품에 이끌려 구경하다가 구매를 안 할 수가 없는 퀄리티와 가격에 반해 지금은 많은 사람에게 추천하고 있다. 베네치아 어느 곳에서도 쉽게 볼 수 없는 디자인의 핸드메이드 유리잔과 기념품들을 판매하고 있으며 산타크로체 그녀의 공방 겸 숍에서 모두 수작업을 통해서 만들어진다.

보통 무라노 오리지널 유리잔 하나에 50유로 이상의 가격인 것을 고려해봤을 때 그녀의 작품은 저렴한 편이다. 20유로만 지불하기 미안할 정도였으니까 말이다. 주변의 고마운 분들에게 선물했을 때 가장 반응이 좋았다. 워낙 무라노 유리가 유명하기도 하고, 비싸다는 인식이 있어서 괜히 으쓱해지기도 한다. 다만, 유리잔의 경우에는 여행의 일정 중 짐이 될 수도 있고 파손의 우려가 있기 때문에 구매는 마지막 종착지가 베네치아인 사람에게만 권장하고 싶다. 라우라의 가게에는 와인잔부터 칵테일, 유리컵 등 다양한 종류와 모양의 유리 제품이 있는데 모두 수작업이다 보니 100% 모양이 같지 않지만, 공예품마다 섬세한 그녀의 장인 정신이 돋보인다.

라우라의 가게뿐만 아니라 베네치아 곳곳에 유리 제품으로 만든 기념품을 쉽게 찾아볼 수 있다. 파손의 위험이 없고 기념품 또는 선물로도 좋은 유리 액세서리나 와인 마개, 액자 등의 실용적인 제품도 있으니 베네치아에서 특별한 기념품을 찾는 분들에게 유리공예 제품을 추천한다.

# 페기 구겐하임을
# 만나다

**페기 구겐하임 미술관**(Peggy Guggenheim Collection)
10:00-18:00(매주 화요일 휴관)
Dorsoduro, 701-704, 30123 Venezia VE

나는 '페기 구겐하임'이라는 이름만 들어도 가슴이 두근두근 뛴다. 처음 그녀의 다큐멘터리를 봤을 때 그녀를 꿈에서 한 번이라도 꼭 만나게 해달라고 기도했음을 고백한다. 페기 구겐하임은 1898년 미국 뉴욕에서 태어났다. 21살에 타이타닉호의 침몰로 사망한 아버지의 재산을 상속받은 그녀는 예술에 대한 탁월한 안목과 재력을 바탕으로 미술품을 수집하고 예술가들을 후원하기도 했으며 미술의 중심 무대를 유럽에서 미국으로 옮겨놓는 데 결정적인 역할을 한 인물이다.

아무도 현대 미술의 진가를 모르던 제2차 세계대전 시절, 그녀는 유럽에서 헐값에 하루 한 점씩 작품을 사들였다. 그 전쟁통에 자신이 수집한 작품뿐만 아니라 여러 나치즘의 작가들이 미국으로 망명하는 데 도움을 주고 뒷바라지까지 해주었다. 현대 미술 발전에 가장 큰 영향을 미친 사람이 바로 페기 구겐하임이라는 것은 누구도 부정할 수 없는 사실이다. 그녀는 전설적인 아트 컬렉터이면서 동시에 20세기 현대 미술사 그 자체이다.

1948년에는 베니스 비엔날레에서 자신의 컬렉션으로 전시회를 열어 큰 반향을 불러일으키기도 했고, 자신이 사랑하는 작품들과 함께 베니스의 대저택에서 30년을 살다가 키우던 개들과 함께 숨을 거두었다. 사망 후 그녀의 소장품들은 뉴욕 페기 구겐하임 미술관에 기증되었으며, 이후 그 저택은 구겐하임 미술관의

베니스 분관으로 '페기 구겐하임 미술관(The Peggy Guggenheim Museum)'이라는 공식 명칭을 얻어 운영되고 있다.

　한국에 살 때 미술관은 내게 익숙지 않은 곳이었다. 그러나 이탈리아에 살면서 자연스럽게 미술에 관심을 가지게 되었고 이제는 내 입으로 '애호가'라고 말해도 부끄럽지 않을 정도가 되었다. 전문적으로 미술에 대해 배운 적은 없지만 내가 미술을 공부하는 방법은 그저 많이 가보고 느끼는 거다. 페기 구겐하임 미술관도 그랬고 프랑스 파리의 루브르, 오르세 미술관은 연간 회원권으로 구입해서 그저 매일 출근하듯 끊임없이 다녔다. 어느 도시를 가든 그 노시의 미술관을 찾는 것은 내게 일상이 되었다.

　베네치아에서 살면서 가장 좋은 점은 베네치아에 거주지 등록을 하면 베네치아 시에서 운영하는 미술관(MUVE)은 모두 무료 입장이 가능하다는 것이다. 페기 구겐하임 미술관은 연간 회원권을 구매하면 베네치아에 있는 대부분의 미술관을 자유롭게 다니며 그림을 볼 수 있다. 더군다나 페기 구겐하임 미술관은 보유하고 있는 방대한 작품들 때문인지 갈 때마다 그림을 바꿔주고 다양한 미술 프로그램들을 제공해주어 같은 장소임에도 늘 새로운 느낌이 든다. 내가 베네치아를 찾는 여행자들에게 꼭 추천해주고 싶은 페기 구겐하임 미술관! 단, 그녀의 다큐멘터리를 꼭 보고 가는 것을 추천한다. 그녀가 수집한 수많은 작품보다 그녀의 흔적과 스토리가 큰 의미로 다가오는 미술관이기 때문이다. 그녀가 앉았던 의자, 그녀의 발코니, 그녀가 사랑했던 작품, 그녀의 무덤… 페기 구겐하임 미술관이기 이전에 그녀 자체인 이곳을 꼭 방문해 보길 바란다.

# 베네치아에만 있는 빵집
## 마요르(Majer)

**Majer Venezia Giudecca**
Fondamenta Sant'Eufemia, 461,
30135 Venezia VE

이탈리아는 해외 유명 프렌차이즈의 진입이 어려운 나라 중 하나다. 맥도날드, KFC, 스타벅스도 이탈리아에 진입하고 자리 잡는 데 애를 많이 먹었다고 한다. 2017년 로마에 살았을 때 로마에 하나뿐이던 KFC를 처음 접하고 한국 치킨의 그리움을 달랬던 기억이 난다. 밀라노에 스타벅스가 처음 생겼을 땐 1시간씩 줄을 서서 입장해야 했을 만큼 모든 사람의 관심이 집중되었지만 역시 커피 자부심 하나만큼은 대단한 이탈리아인지라 그 열기가 오래가지는 못했다. 이탈리아는 각 지역 내에서 형성된 프렌차이즈 브랜드들이 지역 안에서만 매장 개수를 늘리면서 사업을 확장해 나가거나 점점 다른 지역으로도 뿌리를 내리고 있는 경우가 많은데, 예를 들자면 베네치아의 '마요르(Majer)'라는 빵집이 그렇다. 베네치아에서만 9개의 매장을 운영하고 있고, 온라인에서 이탈리아 각 지역으로 판매되고 있다. 처음에는 빵 사업으로 시작했다가 와인바나 간단한 식사류도 함께 파는 매장으로 점점 확장되었다.

내가 마요르를 이 책에서 추천하는 이유는 베네치아에서만 만날 수 있기 때문이기도 하지만 9개 매장 어디를 가도 상상 이상의 맛과 가격을 누릴 수 있기 때문이다. 빵은 말할 것도 없고, 와인바는 좋은 리스트들을 합리적인 가격으로 제공하고 있을 뿐만 아니라 식사류도 훌륭하다. 베네치아는 물가가 비싸다는 인식이 있지만 가벼운 점심식사나 와인 한잔하기에 부담 없는 가격이니 베네치아를 걷다가 마요르를 만나면 걱정하지 말고 들어가 보길 바란다. 베네치아 본섬에만 9개의 매장이 있어서 웬만한 관광지를 다니다 보면 심심찮게 만날 수 있는데, 시즌에만 맛볼 수 있는 특별 메뉴가 있다면 꼭 한번 맛보시라.

크리스마스 시즌엔 파네토네(Panettone), 1~2월 카니발 축제 기간에만 먹는 프리텔레(Frittelle), 베네치아에서 제대로 맛볼 수 있는 치케티(cicchetti), 거기에 베네치아 근교 트레비소에서 생산되는 발포성 와인 프로세꼬(Prosecco) 또는 식전주 스프리츠(Spritz)를 한 잔 곁들이면 더할 나위 없이 완벽한 베네치아 여행이 완성될 것이다.

나는 보통 마요르를 한국의 파리바게트와 비교하는데 그 정도로 베네치아 사람들에게는 친근한 곳이다. 남편과 내가 가장 좋아하는 마요르 매장은 주데카(Giudecca) 구역에 있는데 야외 테라스에 앉아서 방금 내린 카푸치노 한잔을 마시며 마주하는 산마르코 성당의 모습이란 무척이나 황홀하다! 베네치아가 우리 집 앞마당이라도 늘 새롭고 아름답게 느껴진다. 특히 주테카 구역은 여름이면 점심시간이 그늘이기 때문에 시원하게 휴식을 취할 수 있고, 저녁에는 반짝이는 물빛과 불빛이 몽환적이다. 보통은 가장 짧게 머물다 가는 베네치아에서 식음료와 특유의 분위기로 베네치아의 감성을 더해보자.

# 노을맛집
# 베네치아

**Fondaco dei Tedeschi**
Calle del Fontego dei Tedeschi,
30100 Venezia VE

베네치아가 주홍빛으로 물드는 시간, 그 시간을 맞이하기 위해 나는 여름이면 늘 가방에 작은 와인 한 병을 넣어 다니곤 했는데 분위기 있는 레스토랑에서 마시는 와인보다 어쩐지 길을 걷다 마주하는 멋진 장소에 걸터앉아서 노을을 기다렸다가 조금씩 홀짝이는 걸 더 좋아하게 되었다. 감미로운 음악과 함께면 금상첨화다. 노을을 바라보며 마시는 와인의 맛을 알아버리게 되면서 찾아낸 나만의 노을 명소를 몇 군데 추천해 보기로 한다.

첫 번째는 자떼레(Zattere) 구역인데, 이곳은 베네치아의 카포스카리(Ca' Foscari) 대학교 학생들에게도 이미 유명한 장소로 해질 녘이 되면 이미 많은 이들이 환상적인 노을을 맞이할 만발의 준비를 하고 있다. 만발의 준비라 해봐야 각자의 손에 마실 와인을 한 병씩 준비하는 것뿐이지만 이런 분위기의 노을을 두고 공부가 될까 싶을 정도로 찰랑이는 바다 위로 물드는 주홍빛이 경이롭기만 하다. 한국이었다면 맥주에 치킨을 배달했을 테지만 이 분위기면 안주도 잊은 채 하염없이 바라보게 된다.

두번째 장소는 베네치아의 산조르조마조레(S.giorgio maggiore) 섬인데, 살루테 성당과 산마르코 성당을 마주보고 베네치아에서 가장 아름다운 뷰와 더불어 노을을 감상할 수 있다. 이곳은 일몰, 일출 시간에 맞춰 웨딩 사진을 찍는 장소로도 유명하다. 특히 노을 지는 시간에 웨딩 사진을 찍으려는 커플들로 항상 문전성시를 이룬다.

　세 번째 장소는 불과 몇 년 전에 생긴 베네치아에 하나밖에 없는 최신식 백화점 Fondaco dei Tedeschi(독일상관 백화점)라 불리는 곳이다. 옛날 독일 상인들의 상가 건축물을 개조하여 옛 모습 그대로를 최대한 보존하면서 베네치아라는 도시와 어우러지게 현대적으로 백화점을 만든 곳이다. 옥상 루프탑에 칵테일바라도 오픈해서 상업적으로 이용해도 될 법하지만 상업적인 부분을 최대한 배제하고, 이토록 아름다운 전망대를 일반인에게 무료로 공개하고 있다. 전망대는 예약제로 운영되고 있으며, 시간별로 인원을 한정하고 있어서 비교적 여유롭게 아름다운 베네치아의 모습을 조망할 수 있다. 가장 마지막 시간을 예약하면 노을을 감상하기에 좋은 시간대이기 때문에 여행을 마무리하는 시점에 전망대에 오르면 탁 트인 전망과 함께 노을에 취해 하루 일정을 완벽하게 마무리할 수 있다.

　마지막으로 노을 지는 시간대에 베네치아의 이동 수단 중 하나인 곤돌라를 탑승해보는 것도 추천한다. 땅에 닿아 바라보는 베네치아와는 또 다른 감동이 있다. 노을은 매일 만날 수 있지만 그 모습이 너무 아름다워서 계속 바라보게 되고 바닷속으로 붉은 해가 사라지면 아쉬움마저 남는다. 여행지에서의 노을이 더 아름답게 느껴지는 이유는 간절히 붙잡고 싶은 순간이기 때문이 아닐까. 완전한 어둠에 잠기기 전 남은 와인 한 모금을 털어 마시고도 체력이 남는다면 산마르코 광장의 야경과 함께 잔잔한 라이브 음악을 감상하고 집으로 돌아온다. 베네치아의 현실은 패키지 여행에서도 일반 여행자들에게조차도 아직은 가장 짧게 머물다 가는 아쉬운 도시이지만 조금 더 긴 시간 발길을 머물게 하고 싶고, 가장 오랜 잔상을 남기고 싶다. 매일 다른 장소에서 색다른 베네치아의 노을을 즐겨보는 건 어떨까?

# 내가 만난 가장 아름다운
앤틱 마켓

**Piazzola sul Brenta**
매월 마지막 주 일요일

5월의 마지막 주 일요일에 베네치아 근교 피아졸라 술 브렌타 (Piazzola Sul Brenta)라는 도시의 앤틱 마켓에 다녀왔다(베네치아에서 자동차로 40분 정도 소요된다). 최근 앤틱 소품들에 관심을 가지기 시작하면서 베네치아 본섬이나 근교에 앤틱 마켓이 열리는 날마다 찾아가곤 했다. 소품으로 구매할 만한 가격대, 퀄리티의 제품들을 구하기가 쉽지 않고, 내가 아직 앤틱 제품들을 보는 눈이 없지 싶어 입맛만 다시며 구매하고 싶은 물건들을 사진으로만 간직하고 있다가 현지인의 추천으로 이곳을 알게 되었다.

파도바 근교의 작은 마을이며 대중교통으로 가기가 쉽지 않고 더군다나 한 달에 한 번만 열리는 마켓이다 보니 관광객들에게 접근이 쉽지는 않다. 우리도 5월의 마지막 날 큰맘 먹고 생전 처음 들어보는 도시로 향했는데, 고속도로를 빠져나오자 논과 밭뿐이고 사람이 살까 싶은 좁은 길들이 굽이굽이 나타났다. '이 작은 마을에서 베네토에서 가장 큰 앤틱 마켓이 열린다고?' 점점 다가갈수록 의구심이 생겼지만 아침 일찍부터 빼곡히 주차된 주차장이 모습을 드러내자 우리의 의구심은 곧바로 사라졌다.

주차를 하고 안내를 받아 마을 입구로 들어서자마자 또 한 번 놀랄 수밖에 없었다. 끝이 보이지 않는 앤틱 상점들, 물건을 바라보며 눈을 반짝이는 사람들로 가득했다. 베네토에서 가장 큰 규모를 자랑하는 만큼 광장의 내부나 외부를 비롯해 광장 주변 거리까지 모두 합쳐 800여 개 이상의 매장에서 앤틱 소품, 액자, 가구부터 책이나 옷가지 등을 판매하고 있고, 매월 마지막 주 일요일이 되면 이 작은 도시로 어마어마한 외지인들이 찾아온다. 아마 하루종일 둘러봐도 다 보기는 힘들 것 같고, 만약 마음에 드는 물건이 있으면 그 자리에서 구매해야 좋은 상품을 놓치지 않을 수 있다. '한 바퀴 돌고 다시 와야지'는 안 될 규모이기 때문이다.

저가부터 고가 제품들까지 가격대가 다양하고, 무엇보다 퀄리티가 좋았다. 앤틱 카메라들 대부분은 아직도 촬영이 가능하다고 했다. 영상기기나 필름 카메라들도 손때가 고스란히 묻어 있었다. 카메라를 아는 사람들은 충분히 욕심내 볼 만한 물건인 것 같다. 이것이 앤틱의 매력 아니겠는가! 시간이 지나고 손때가 묻어있을수록 더 빛이 나는… 나도 그런 사람이고 싶다는 생각이 들었다.

조그마한 마을 전체가 이날만을 위해 준비해온 것처럼 활기가 돌았다. 이탈리아 말을 하면서 돌아다니는 아시아인인 우리가 신기한지 진귀한 골동품만큼이나 우리를 쳐다보는 사람들도 많았다. 하긴 이 조그마한 마을에, 한 달에 한 번 열리는 골동품 시장을 찾는 아시아인은 없으니까 말이다.

집으로 돌아가는 길이 아쉬워 무라노 유리공예 컵 하나를 샀다. 무라노섬에서 족히 한 개에 50유로 하는 컵을 한 개에 10유

로에 구매했다. 우리가 물건의 시세를 잘 알고 있었고, 마침 필요
했기 때문에 고민 없이 구매할 수 있었지만 다른 제품들은 조금
더 정보를 알아보고 자주 찾아다니면서 안목을 키운 후에 구매
할 예정이다. 무라노 컵은 요즘 아이스 아메리카노를 만들어 먹
을 때 아주 유용하게 사용하고 있다. 만족스러운 첫 쇼핑을 계기
로 매월 마지막 일요일에는 피아졸라 술 브렌타를 자주 방문하
게 될 것 같은 예감이다.

# 이탈리아에서 가장 오래된 카페는 베네치아에 있다

**Caffé Florian**
P.za San Marco, 57,
30124 Venezia VE

엄마가 이탈리아에 왔을 때 남편은 미래의 장모님이 될 우리 엄마에게 이탈리아에서 가장 오래된 카페 플로리안(Caffe Florian)의 고급스러운 커피잔을 선물했다. 엄마도 퍽 마음에 드는 눈치였고 남편은 엄마에게 점수를 좀 땄다. 우리가 로마에서 베네치아로 이사 온 다음 날에는 이탈리아에서도 드물게 눈이 펑펑 내렸다. 집을 구하지 못해 호스텔에 짐을 풀고 눈 오는 베네치아 구경에 나섰는데 우리가 가장 먼저 간 곳도 역시 산마르코 광장에 있는 카페 플로리안이었다. 몇 번을 베네치아에 방문했지만 비싸다는 소문을 익히 들었던지라 카페 플로리안에서 커피 한 잔을 마시기가 망설여졌지만 그날만큼은 우리가 베네치아에 왔다는 발도장을 꼭 카페 플로리안에 찍고 싶었다.

　카페 플로리안은 1720년에 오픈한 이탈리아에서 가장 오래된 카페로 2020년에 300주년을 맞이한 베네치아의 역사와도 같은 곳이다. 이곳에서의 커피 한 잔은 '마신다'라기보다 '누린다'라고 표현해야 알맞을 것 같다. 야외에서 커피를 마시면 자릿세 6유로, 음악 청취비 6유로, 에스프레소만 한 잔 6유로 총 18유로를 지불해야 하기 때문이다. 비싸다고 커피맛이 특별히 좋은가 하면 그렇지도 않지만 베네치아의 역사를 한 잔에 담았다 생각하면 또 비싼 가격은 아니다 싶다. 기왕 마음먹은 거 우리는 비싼 핫초코를 누리기로 했다. 그날 이후로 다시는 카페 플로리안을 누리지는 못할 것을 알았기 때문인지 핫초코 두 잔을 시켜 놓고 촌스럽게 연신 셔터를 눌러댔다.

늘 시간이 부족한 관광객들은 비싼 커피를 누리면서도 짧은 시간밖에 머물지 못하지만 우리는 카페 플로리안에서 앞으로 베네치아에서의 삶을 계획해 나갔다. 300년이 된 카페에 앉아서 제대로 갖춰 입은 서버들이 가져다주는 핫초코를 마시며 계획하는 미래는 비록 불투명했지만 모양새는 퍽 좋아 보이는 듯했다. 핫초코 두 잔에 한국 돈으로 7만 원의 돈을 지불하고 나오면서 한 번쯤은 누려 봄직한 사치라고 생각했다.

# 이탈리아 티라미수의 본고장
# 트레비소(Treviso)

**Le Beccherie**
P.za G. Ancilotto, 9,
31100 Treviso TV

베네치아 근교의 소도시로 내가 가장 먼저 추천하는 곳은 곳곳에 물길이 흘러 작은 베네치아라고 불리는 '트레비소'다. 베네치아 산타루치아 역에서 기차를 타면 편도로 30여 분 정도 소요되는 접근성이 아주 좋은 근교 소도시이며 관광객들로 북적이는 도시에서 벗어나 현지인들의 삶을 엿보고 잠시나마 여유를 가지고 쉬어가기 좋은 도시다. 유럽 내에서 항공기로 이동 시 트레비소 공항을 거쳐 베네치아로 들어올 확률이 높기 때문에 한 번쯤 들어는 봤을 법하지만 베네치아의 명성에 가려져 관광객들에게는 알려지지 않은 보석 같은 소도시다.

내가 만약 이탈리아에서 한 달 살기를 한다면 북적이는 대도시도 좋지만 대도시와의 접근성이 좋으면서도 현지인들이 살고 있는 작은 도시에서 그들의 삶을 가까이서 느껴볼 것 같다. 트레비소는 성문을 통과해 성곽 안으로 들어오면 역사지구라 불리는 중세 도시의 느낌을 그대로 간직한 중심가가 있었고, 시뇨리 광장 주변으로 활기찬 사람들과 상가가 즐비해 있다.

트레비소는 작은 도시이지만 내세울 것이 꽤 많은데 그중에서도 티라미수(Tiramisu)와 프로세코(Proecco)가 있다. 티라미수는 커피, 마스카르포네 치즈 등으로 만든 이탈리아의 대표 디저트로 'Tirare mi su, 나를 위로 끌어 올리다. 즉, 나의 기분을 끌어 올리다'라는 뜻에서 유래되었다. 이 티라미수가 처음으로 만

**Borgo Cavour**(트레비소 골동품 시장) / 매월 넷째 주 일요일(매년 7월은 제외)

들어진 곳이 바로 트레비소의 '레 베께리에(Le Beccherie)'라는 식당이다. 티라미수의 원조를 맛보고 싶은 분들에게 꼭 추천하고 싶다. 티라미수 말고도 이탈리아의 대표적인 발포성 화이트 와인인 프로세코의 주요 산지가 바로 트레비소이기도 하며 베네통이라는 글로벌 패션 브랜드의 수장인 루치아노 베네통의 고향이자 브랜드의 시작점이 된 도시이기도 하다.

매월 넷째 주 일요일이 되면 골동품 시상이 크게 열려서 유럽의 앤틱 마켓을 경험해보고 싶은 여행객들에게도 매력적인 도시다. 내가 유럽의 앤틱에 관심을 가지기 시작한 곳이 바로 트레비소의 골동품 시장이었다. 이곳에서 오래된 은제품과 도자기를 구매한 후 천천히 다른 골동품 시장들을 전전하며 라디오, 액자 등도 모으기 시작했는데, 유럽의 앤틱 제품들은 관심을 가지고 공부할수록 재미있어지는 것 같다.

첸뜨로(Centro)라고 불리는 마을의 도심은 작은 편이라 반나절이면 편하게 둘러보며 식사 및 쇼핑을 할 수 있고 평지인데다가 베네치아 부자들의 빌라들이 강을 따라 모여 있어 빌라를 구경하며 산책하는 재미도 있다.

# 2월의 축제,
# 베네치아 카니발과 프리텔레

**Tonolo**
Calle S. Pantalon, 3764,
30123 Venezia VE

베네치아의 겨울은 해가 짧고, 유난히도 비가 많이 내릴뿐더러, 아쿠아 알타로 본섬 전체에 물이 차오르는 날도 있고, 안개가 자욱해 수상버스 노선이 갑자기 바뀌는 경우도 있어 여행하기에 쉽지 않은 계절이지만 겨울에만 먹을 수 있는 베네치아 전통 간식 프리텔레(Fritelle)가 있고, 2월에 열리는 가면축제 카니발의 분위기를 느낄 수 있어 한층 들뜬 느낌이 드는 계절이다. 베네치아의 카니발은 매년 1월 말에서 2월에 시작해 사순절 전까지 10여 일 동안 열리는 축제이며 이탈리아에서도 규모가 가장 큰 축제 중 하나에 속한다.

12세기부터 시작되었다고 알려진 카니발 축제는 화려한 중세시대의 옷을 차려입고 가면을 쓴 사람들이 베네치아 곳곳을 누비며 산마르코 광장을 중심으로 공연, 경연대회, 마리아 뽑기, 천사강림 등의 이벤트를 진행한다. 아이들도 귀여운 동물 옷, 캐릭터 옷을 입고 코리안돌리(Coriandoli)라고 불리는 종이 가루를 뿌리며 축제를 즐긴다. 화려한 이벤트가 가득한 만큼 이 기간에 베네치아의 숙박비는 천정부지로 치솟지만 1년 내내 카니발 축제만을 위해 준비해온 것처럼 화려한 의상을 차려입은 사람들을 구경하는 것만으로도 이 기간 베네치아를 방문할 이유는 충분해 보인다.

나도 한 번쯤 제대로 된 의상을 갖춰 입고 카니발 축제 기간을 즐겨보고 싶었지만 어마어마한 의상 대여 비용에 기겁을 하고 말았는데 다음에 한국에 간다면 결혼식 때 한 번밖에 입지 못한 한복을 가지고 와서 대한민국의 아름다움을 카니발 축제에서 뽐내보리라 다짐했다. 축제 기간에 베네치아를 방문하지 못한 아쉬움을 가면 기념품으로 달래도 좋다. 그리고 1월과 2월에 베네치아에 방문한다면 꼭 먹어봐야 할 간식으로 프리텔레가 있는데, 프리텔레는 보통 1월 6일(주현절)부터 카니발 기간까지만 판매되는 겨울 간식이다. 우리나라로 치면 튀긴 도넛의 느낌인데 누텔라, 크림, 자바이오네 등의 내용물이 들어있어 커피와 함께 먹으면 달달하게 여행의 피로를 날려 준다. 가격은 보통 1.5~1.8유로이며 베네치아 최고의 제과점으로 토놀로(Tonolo)를 추천한다.

# 젊은 감각의 와이너리
# 지메(Zyme)

**Zyme**
Via Cà del Pipa, 1, 37029
Località Mattonara VR

와인 하면 빼놓을 수 없는 나라가 이탈리아다. 그중에서 베네토 지역의 발폴리첼라(Valpolicella)는 아마로네(Amarone) 와인 산지로 유명하다. 베로나 근교에 있기 때문에 베네치아에서도 당일치기 와이너리 투어가 많다. 유명한 아마로네 와이너리로는 달 포르노 로마노(Dal Forno Romano), 쥬세페 퀸타렐리(Giuseppe Quintarelli), 알레그리니(Allegrini), 마시(MASI) 등이 있고, 요즘 핫한 와이너리 지메(Zyme)는 2003년에 설립된 아주 영하고, 테크니컬하면서 모던한 곳이다. Zyme는 그리스어로 '효모(발효)'라는 뜻이며 시그니처 오각형은 사람, 포도나무, 땅, 태양, 물을 뜻하는데 외관만 봤을 때도 '엄청 돈이 많은 와이너리구나' 하는 걸 느낄 수 있다.

우리가 발폴리첼라의 많고 많은 와이너리 중에서 젊은 와이너리인 지메의 방문을 택한 이유는 쥬세페 퀸타렐리(Giuseppe Quintarelli) 와이너리를 방문하기로 결정하면서 그의 사위인 체레스티노 가스파리(Celestino Gaspari)가 설립한 와이너리라는 점이 눈에 띄었기 때문이다. 미리 이메일을 주고받은 덕분에 영광스럽게도 그와 악수를 나누고 사진도 찍을 수 있었다. 대형 와이너리의 오너라고는 믿기지 않을 만큼 호탕하고 친근한 성격이었다.

체레스티노는 본래 농사를 짓던 가족 밑에서 성장했는데, 그가 스무 살이 되던 해 그의 인생을 송두리째 바꾼 쥬세페 퀸타렐리를 만났고 그의 밑에서 와인을 배우면서 그의 딸과 결혼까지 하게 되었다. 10년 동안 쥬세페 퀸타렐리와 함께 일했고 지메를 설립한 것은 1999년 무렵이라고 한다. 지금의 건물은 2003년에 설립되었다. 체레스티노가 퀸타렐리의 사위이기도 하지만 두 와이너리의 가장 다른 점은 생산량을 꼽을 수 있다. 지메는 현대적인 생산 방식을 도입해 1년에 30헥타르, 15만 병 정도를 생산하며 공격적인 마케팅으로 전 세계 시장을 공략하고 있기 때문에 한국에서도 요즘은 쉽게 구매할 수 있다.

지금의 지메는 채석장이었던 것을 개조하여 와이너리 지하 셀러를 만들었고 1층은 리셉션, 2층은 사무실 겸 응접실이 있다. 채석장은 와인의 온도와 습도를 유지하는 데 최적의 조건을 갖추고 있다. 최적의 환경과 최고의 와인 메이커, 현대적인 시스템이 접목되었으니 최고의 와인이 생산될 수밖에 없을 것이다. 이곳에서는 붉은 포도주를 비롯한 백포도주 그리고 그라빠(Grappa)라는 독주도 생산되는데 우리는 2층의 응접실에서 프라이빗하게 시음을 했다. 남편은 운전을 해야 하는 관계로 못 마셔서 엄청 아쉬워했다. 백포도주부터 아마로네까지 총 8종류의 와인을 시음했고 시음비는 20유로였다.

가장 기억에 남는 첫 번째 와인은 블랙 투 화이트(Black to

White)라는 와인인데 적포도로 생산하는 독특한 백포도주였다. 적포도로 만든 백포도주는 생소하기도 하고 귀하기 때문에 인기가 많다고 한다. 두 번째는 오셀레타(Oseleta)라는 와인이었는데, 이 품종은 와이너리 마시(Masi)와 지메 말고는 거의 생산하는 곳이 없는 품종이라고 했다. 재배 면적이 작다는 뜻은 그만큼 수요가 적다는 뜻일까? 그럼에도 불구하고 타닌이 강하고 묵직해서 나는 굉장히 마음에 들었고 시음을 도와준 직원 카밀라(Camilla)도 자신이 가장 좋아하는 와인으로 '오셀레타'를 꼽았다. 세 번째는 내가 구매해온 카베르넷(Cabernet)이다. 이 와인은 내가 너무 좋아하는 묵직함 그 자체의 와인이었는데 와인을 알면 알수록 가벼운 와인 또는 샴페인을 즐기게 된다고 하지만 아직 초보인 나는 묵직한 와인을 선호하는 편이라 그날 마셔본 와인 중 가장 무거운 와인을 구매했다. 촉촉한 티본 스테이크와 딱 어울리겠다 싶은, 타닌이 아주 강한 와인이었다. 한국에서도 아마로네 와인은 쉽게 구할 수 있지만 와인 산지에서 와이너리 투어를 하며 하루쯤 흠뻑 취해보는 것도 좋을 것 같다.

월호 스님의 말씀이 떠오릅니다.

"걸려 넘어지면 걸림돌이요,

딛고 일어서면 디딤돌이다."


예기치 않게 찾아온 전염병의 시대가

우리 인생에 걸림돌이 아닌

디딤돌이 되었으면 하는 바람을 담아

이 글을 마무리합니다.

# 이탈리아에 살고 있습니다

**초판 1쇄 발행**  2021년 5월 10일
**초판 2쇄 발행**  2021년 6월 20일

**지은이**  김혜지
**펴낸이**  정혜윤
**디자인**  한희정
**펴낸곳**  SISO

**주소**  경기도 고양시 일산서구 일산로635번길 32-19
**출판등록**  2015년 01월 08일 제 2015-000007호
**전화**  031-915-6236
**팩스**  031-5171-2365
**이메일**  siso@sisobooks.com

**ISBN**  979-11-89533-63-2 03800